日語導覽完

歡迎光臨
台灣！

CONTENT

PART 2

小鎮巡禮 × 導覽指南

全書音檔下載

PART 1

観光客最愛！
台灣必遊景點十選

ジョウフェン
九份

　九份は台北からバスに乗って一時間半ほどの場所にある山中の町です。昔は九つの世帯しか人が住んでおらず、いつも「九戸分」いっしょに物資を届けてもらっていたので、そこから「九份」という名前がつきました。ここは四十年ほど前までは金鉱として栄えた場所でしたが、その後の金山の閉山とともに町は静かになり、住む人も減っていきました。

　ですが、一九八九年に映画『悲情城市』の舞台となったことから観光地としての人気が上がり、今では台湾の内外を問わず多くの場所から人が訪れる、有名な観光地としてすっかり定着しています。昔の古き良き面影を残す街並は、まるでタイムスリップしたかのような気分にさせてくれます。ノスタルジー溢れるここ九份で、路地をのんびり歩きながらゆったりとした時間を過ごしてみませんか。

　九份是個從台北搭公車約一個半小時的山中小鎮。過去只有九戶人家居住，因為總是請人送來「九戶份」的物資而命名為「九份」。四十年前左右還以金礦繁榮，但隨著礦山封閉，小鎮沉寂，居民也逐漸減少了。

　然而，一九八九年作為電影《悲情城市》的舞台後人氣直升，現在不分國內外，都有許多人從各地造訪，徹底成為知名觀光勝地。保有昔日古色古香風貌的街道，令人感到一股宛如時空穿梭般的氛圍。在充滿懷舊之情的九份，不妨試著悠哉漫步在小巷中，度過舒暢的時光吧。

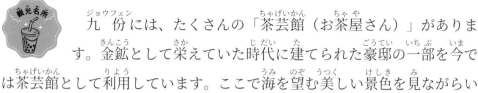

九份には、たくさんの「茶芸館（お茶屋さん）」がありま
す。金鉱として栄えていた時代に建てられた豪邸の一部を今で
は茶芸館として利用しています。ここで海を望む美しい景色を見ながらい
ただくお茶とお茶請けは絶品で、たくさんの人がまた九份を訪れたいと
思うそうです。

他にも、九份から車で十五分ほど離れた金瓜石にある「黄金博物
館」まで足を伸ばしてみるのもおすすめです。ここでは鉱山で採掘が行
われていた様子を再現していて、かつての繁栄の歴史を見ることができま
す。また、ここにはそこかしこに日本統治時代に建てられた建物があり、
どこか懐かしい感じがするはずです。

夜の九份は、夕日が沈んでから赤い提灯に灯りがともり、とても美し
い夜景へと変わります。昼間とはまたひと味違う雰囲気の通りを歩くと、
まるで自分が映画や物語の中にいるような不思議な気分に浸ることがで
き、九份の魅力を再確認できるでしょう。

在九份，金礦興盛時期建造的一部分豪宅，現在被當作茶藝館使用。在這裡一邊眺望美麗
海景，一邊享用茶與茶點是至高無上的享受，據説許多人因此想再次造訪九份。

另外，也很推薦順道去一趟距離九份約十五分鐘車程，位於金瓜石的「黃金博物館」。這
裡重現了挖掘礦山時的情形，可一探過去繁榮的歷史。此外，這裡到處都有日治時代建造的
建築，應該會令人不由地感到懷念。

夜晚的九份在夕陽落下後，紅色燈籠亮起燈火，搖身一變成十分美麗的夜色。走在與白天
稍微不同氛圍的小路，彷彿身處於電影或故事中，沉浸在一股不可思議的心境，並能再次驗
證九份的魅力吧。

1. 九份の街並みは階段が多く、どこも似たような雰囲気なので、あちらこちらにある標識を頼りに目的地まで行きましょう。

九份的街道樓梯很多，到處都有相似的氣圍，所以就靠各處的標示前往目的地吧。

2. 夕暮れ時の景色は、日中のにぎやかな様子とは違い、提灯の淡い光で幻想的な空間を作り出しています。

黃昏時的景色與白天的熱鬧模樣不同，透過燈籠的微光營造出一個幻想式的空間。

3. 九份に多々ある階段の下から見上げる景色は、どれも写真に収めたくなるはずです。

九份許多從階梯下方仰望的景色，無論是哪一種應該都令人想收藏到相片中。

4. 茶芸館で好みのお茶とお茶請けを選んだら、店の人にお茶の入れ方をレクチャーしてもらいましょう。

在茶藝館選好喜歡的茶和茶點後，就請店裡的人解說一下泡茶的方法吧。

5. 芋圓は九份名物のスイーツで、台湾では甘いスープの定番のトッピングでもあります。

芋圓是九份知名的甜品，也是台灣常見的甜湯配料。

6. 基隆の近海でとれた魚を使ったつみれ団子は、さっぱりとしていてとても食べやすいです。いろんなお店の軒先に並んでいるので食べ比べてみるのもおもしろいですよ。

基隆近海捕獲的魚所做成的魚丸，口味清爽，吃起來順口。因為擺放在各色店家的前面，試吃比較看看也很有趣喔。

淡水は台北の北にあり、新北市の海に面している地区の一つで、MRT 淡水線の終着駅にあります。その文化と歴史は多くの観光客を引きつけてきました。淡水にはもともと先住民がいましたが、十七世紀にスペイン人によって植民地化されました。その後まもなくスペイン人はオランダ人によって追い出され、その頃オランダ人はここに城を建造し、その建てられた城は現在でも見る事ができます。

清朝が統治していた時代には、淡水は漁業と貿易の主要な港町となりました。また一八八二年、宣教師ジョージ・L・マッケイが台湾で初めて西洋式教育の学校を築き、淡水は学業の中心地ともなりました。その後、基隆が主要な港としての位置に取って代わる事にはなりましたが、この町は現在台湾の中で最も魅力的な観光地の一つとなり、毎年百万人以上もの観光客を迎えています。

淡水位在台北北端，是新北市其中一個臨海地區，捷運淡水線的最後一站，它的文化和歷史吸引了許多觀光客。淡水本來有原住民居住，但十七世紀時被西班牙人殖民。不久後西班牙人被荷蘭人驅逐，當時荷蘭人在這裡建造堡壘，所建的堡壘屹立至今。

在清朝統治時期，淡水成為主要的漁業及貿易港口城市。而一八八二年傳教士馬偕設立台灣第一所西式的學校之後，淡水也成為學習的重鎮。雖然基隆後來取代了淡水的主要港口地位，但這個城鎮現在成為台灣最受歡迎的觀光景點之一，每年吸引上百萬的觀光客造訪。

淡水是個怎樣的地方？

淡水紅樹林自然保護区はMRT紅樹林駅からすぐのところにあります。紅樹林とは日本語で「マングローブ」のことです。この自然保護区は淡水川河口から数キロにわたっており、海水と淡水が混じり合うこの場所は、マングローブを形成する「メヒルギ（水筆仔）」にとって最適な生息環境となっています。また、マングローブに生息する豊富な生物や植物は、魚やエビ、カニなどの良質な食物となっており、カワセミ、シラサギ、アオサギなどの多くの鳥類も、それら魚介類に引き寄せられて集まってきます。

　また、地面よりも少し高めに設置されている遊歩道からは、このマングローブをより間近に見ることができ、バードウォッチングにも最適です。隣接する関渡自然公園には、ネイチャーセンターや観察小屋、長距離にわたる遊歩道もあり、そこでは更に多くの鳥類を目にすることができます。

　淡水紅樹林生態保護區就在離捷運紅樹林站很近的地方。紅樹林的日文是「マングローブ」。這片生態保護區從淡水河口綿延數公里，這個地點混合了海水及淡水，對形成紅樹林的「水筆仔」來説，是絕佳的生長環境。此外，棲息生長在紅樹林中的豐富生物和植物，也是魚蝦和螃蟹很好的食物，而這些魚蝦蟹類又吸引來了各種鳥類，包括翠鳥、白鷺、蒼鷺等。

　另外，從地面微微架高的步道，可以近距離觀賞這片紅樹林，也非常適合賞鳥。在鄰近的關渡自然公園有一個自然中心、賞鳥小屋和延伸很長一段的步道，在那裡可以看到更多鳥類。

1. 淡水川のほとりは、きれいな夕日を見ることのできるロマンチックな場所です。

淡水河畔是可以看到美麗夕陽的浪漫景點。

2. 漁人碼頭は魚市場やレストランがあり、ご当地の海鮮グルメを味わうことの

できるおすすめスポットです。

漁人碼頭有魚市場及餐廳，是品嚐當地海鮮的推薦地點。

3. 淡水の船着き場から、対岸の八里や漁人碼頭へ向かう船に乗れます。

從淡水渡船頭，可以搭乘前往對岸的八里或漁人碼頭的渡輪。

4. 紅毛城はオランダ人によって建てられた台湾に現存する最古の建物で、イギ

リス領事館として使用されていました。

紅毛城由荷蘭人所建，是台灣現存最古老的建築之一，曾被英國人當作領事館使用。

5. 三月頃になると淡水天元宮では桜が満開となり、たくさんの人が花見

に訪れます。

每年三月，淡水天元宮都會有大批櫻花盛開，總能吸引無數遊客前往朝聖。

6. 時間のある方はぜひ淡水老街で台湾ならではの庶民料理を味わったりしな

がら、古い街並みの雰囲気を満喫してみてください。

如果有時間，不妨來淡水老街走走，品嘗台灣特色小吃與體驗傳統街道氛圍。

シンペイトウ
新北投

007_ 新北投 _01

どんな所？

MRT台北駅（タイペイえき）から三十分（さんじゅっぷん）ほどで、温泉街（おんせんがい）の新北投（シンペイトウ）に到着（とうちゃく）します。ここは台湾（たいわん）でも屈指（くっし）の温泉街（おんせんがい）で、交通（こうつう）の便（べん）もよく外国（がいこく）からも多（おお）くの観光客（かんこうきゃく）が訪（おとず）れます。北投温泉（ペイトウオンセン）は、一八九〇年代（せんはっぴゃくきゅうじゅうねんだい）にあるドイツ人（じん）によって発見（はっけん）されたと言（い）われています。その後（ご）、日本統治時代（にほんとうちじだい）に温泉宿（おんせんやど）が徐々（じょじょ）に整備（せいび）され、温泉（おんせん）を治療（ちりょう）に使（つか）うようにもなったそうです。ここの泉質（せんしつ）は天然（てんねん）のラジウム泉（せん）で硫黄（いおう）の成分（せいぶん）を豊富（ほうふ）に含（ふく）んでいるので、MRT新北投駅（シンペイトウえき）を出（で）るとすぐに硫黄（いおう）の匂（にお）いが漂（ただよ）ってきます。温泉（おんせん）の泉質（せんしつ）は大（おお）きく分（わ）けて「白湯（はくゆ）」「青湯（せいゆ）」「鉄湯（てつゆ）」の三種類（さんしゅるい）があり、それぞれ効能（こうのう）も違（ちが）います。

新北投（シンペイトウ）では、「加賀屋（かがや）」など日本（にほん）の老舗温泉旅館（しにせおんせんりょかん）があります。日本（にほん）と同（おな）じおもてなしの精神（せいしん）を体験（たいけん）することができて、台湾（たいわん）の温泉（おんせん）で日本（にほん）を味（あじ）わうという少（すこ）し変（か）わった楽（たの）しみ方（かた）もできますよ。

從捷運台北車站約三十分鐘的車程就可抵達溫泉街新北投。這裡是台灣數一數二的溫泉街，交通便利，也有許多國外旅客到訪。北投溫泉據說是一八九零年代由某位德國人發現的。到了日治時期，聽說溫泉旅館慢慢被整頓，溫泉也逐漸用於治療。此處的泉質為天然的鐳泉，富含硫磺成分，因此一出捷運新北投站，就會立刻聞到飄來的硫磺味。溫泉的泉質大致分為「白磺泉」「青磺泉」「鐵磺泉」三種，各自的療效也不同。

像「加賀屋」等日本老字號溫泉旅館也位於新北投，能體驗與日本相同的款待精神，可以在台灣溫泉感受日本風味，享受這種稍微不同的樂趣喔！

新北投是個怎樣的地方？

MRT新北投駅から出てすぐのところに北投公園があります。園内にはかつて公共温泉だった建物を利用した「北投温泉博物館」があり、北投温泉の歴史や文化を学ぶことができます。他にも、「世界で最も美しい公立図書館ベスト二十五」に選ばれた木造で美しい「北投図書館」もあります。環境への配慮が施された自然にやさしい建物で、台湾の人たちの憩いの場となっています。近隣の「ケタガラン文化館」では、以前ここで生活していた原住民・先住民の文化を肌で感じることができ、色鮮やかな工芸品を見たりお土産を買ったりもできます。

新北投の温泉につかったあとは、きっとお腹もすいていることでしょう。MRTで士林や淡水の夜市に行って食事をするのもお勧めです。どちらも三十分ほどで行くことができます。冬は寒いですから、湯冷めして風邪をひかないように気をつけてください。

捷運新北投站一出來的地方就是北投公園。園內有改造自過去公共溫泉建築的「北投溫泉博物館」，在此可以學到北投溫泉的歷史和文化。此外也有被選為「全球最美的二十五座公立圖書館」的優美木造「北投圖書館」，是一座考量到環境的環保建築，也是台灣人的休憩場所。在鄰近的「凱達格蘭文化館」，可以親身體驗以前在這裡生活的原住民文化，也可以觀賞色彩鮮艷的手工藝品、購買紀念品。

泡完新北投溫泉後，肚子一定也餓了吧！推薦您搭乘捷運到士林或淡水的夜市用餐。兩個地方都只要花三十分鐘左右就能抵達。因為冬天很冷，請注意不要因泡完湯後身體散熱而感冒了！

PART 1 觀光客最愛！台灣必遊景點十選

1. 北投温泉の「白湯」は美肌の湯、「青湯」は万病に効く湯と言われています。

據說北投溫泉的「白磺泉」為養顏美容之湯，「青磺泉」為治萬病之湯。

2. 無料で足湯ができる専用の場所があるので、歩き疲れたら利用してみるのも

いいですね。

因為有免費的足湯專用場所，走累了也可以去使用看看喔！

3. 北投温泉博物館は日本統治時代に建てられたレンガ造りの建物で、日本の
昭和天皇もここをお訪ねになったことがあるそうです。

北投溫泉博物館是一座日治時期建造的磚造建築，據說日本的昭和天皇也曾造訪過此處。

4. 「地熱谷」では、迫力ある温泉が湧き上がる様子を間近に見られます。でも
あまり近づきすぎないように気をつけてください。

在「地熱谷」可以近距離看到溫泉很有氣勢地湧上的樣子，但請注意別靠太近。

5. ここは、日本では特別天然記念物として指定されている「北投石」の産地と
しても有名です。

這裡以「北投石」產地聞名，在日本「北投石」又被指定為特別天然紀念物。

6. 北投図書館では、本を読まなくてもテラスで緑を眺めながらの一休みに利用

できます。

在北投圖書館，即使不讀書也可以在露台眺望綠景、休息片刻。

🎧 010_ 台北 101_01

どの都市にも必ず一つは代表的な建物がありますが、台北の代表的な建物といえば台北一〇一です。地上百一階、地下五階建ての超高層ビルで、二〇〇四年に完成しました。二〇一〇年にドバイのブルジュ・ハリファに抜かれるまでは、世界一高いビルでしたが、二〇二二年現在は世界十一位の高さです。竹のような形をした外観が特徴で、上へ上へと伸びる生命の躍動感を象徴しています。また、台北一〇一は二〇一一年以来、米国グリーンビルディング協議会から四段階で最高ランクの「LEED v4」プラチナ認証を取得しており、地震帯の上に位置する建物として世界一高いという記録も保持しています。すなわち、台北一〇一は紛れもなく世界的な超高層ビルの一つなのです。

　　每個城市都有一個代表建築物，台北的城市代表就是台北 101，地上樓層總計 101 層、地下 5 層。2004 年完工後，一直保持著全世界最高摩天大樓的紀錄，直到 2010 年才由杜拜的哈里發塔所打破，目前 (2022 年) 排名為全世界第十一高樓。台北 101 外觀就像竹子一樣，有著強韌生命力與節節高昇的涵義。除了曾經獲得最高大樓的紀錄外，2011 年起也同時保持另一個紀錄，也就是美國綠建築協會難度最高的 LEED v4 白金級認證，也是地震帶上最高的建築，絕對是世界性指標的摩天大樓之一。

台北一〇一是個怎樣的地方？

台北一〇一は夜になるとライトアップされます。月曜は赤、火曜は橙色、水曜は黄色、木曜は緑、金曜は青、土曜は藤色、日曜は紫と色が決まっていますので、その色で何曜日かわかります。台北一〇一でお薦めなのは展望台です。超高速のエレベーターで八十九階まで上がったところにあり、新旧の街が融合した美しい盆地の台北を三百六十度見晴らすことができますし、地震や強風による振動を和らげる球状の巨大ダンパーも見られます。中のショッピングセンターには海外ブランドのお店や小籠包で有名な台湾の鼎泰豊などのレストランが沢山ありますので、展望台の後はそちらのフードコートでグルメを満喫するといいでしょう。台北一〇一では毎年、写真コンテストや垂直マラソンがあり、世界中から参加者が集まります。年に一度の年越し花火も機会があればぜひご覧になってみてください。

台北 101 每天晚上都會以不同顏色點燈，週一到週日分別以紅、橙、黃、綠、藍、靛、紫的彩虹顏色呈現，想要知道今天星期幾，看看台北 101 的顏色就知道。來到台北 101 一定要造訪的，就是搭乘超高速電梯到 89 樓觀景台，欣賞 360 度台北盆地的新舊城區美景，觀景台還可以親眼看到抗震防強風的巨大風阻尼球。台北 101 裡頭的購物中心更是匯集了國際精品與美食，欣賞完美景可再到美食街嚐各式美食，台灣知名的鼎泰豐小籠包也在其中。台北 101 大樓每年都會舉辦攝影以及垂直馬拉松的賽事，吸引世界各國人士參與，當然有機會的話，也一定要參加看看一年一度的跨年煙火秀囉！

1. 台北一〇一の展望台は昼と夜で違った美しい景色が見られます。

   台北 101 觀景台不論是白天晚上都能看到台北不同的美景。

2. 台北一〇一は台湾トップクラスの国際ショッピングセンターでもあります。

   台北 101 還是台灣頂級的國際購物中心。

3. 象山親山歩道からは台北一〇一を最も綺麗に撮影できます。

   象山親山歩道可以拍到最美的台北 101 全景。

4. 台北一〇一の超高速エレベーターは五階から八十九階まで三十七秒で行けます。

   台北 101 的超高速電梯從五樓到八十九樓僅需三十七秒就可以到達。

5. 台北一〇一にはその時々の出来事を反映した文字や映像が映し出されることがあります。

   建築外觀有時會因應時事打上各種標語圖案。

6. 台北一〇一のダンパーはビルの揺れを四十％減らせる重要な装置です。

   建築中重要的阻尼器可以減少 40% 的大樓晃動。

ディーホァジェ
迪化街

🎧 013_ 迪化街_01

どんな所？

迪化街は台北の最も古い通りです。十九世紀頃、中国からやってきた船が淡水川の大稲埕埠頭で積み荷を降ろしていました。ある人がそこで店を開きそれらの品物を売るようになり、その後その通りは迪化街と呼ばれるようになりました。迪化街はその頃から商業地区として栄えてきました。現在、お店の多くはお茶や漢方薬などの伝統食品を販売しています。迪化街は一年を通してとても静かな地区ですが、旧暦の新年を迎える時期になると「年貨」を買い求める人で道が埋め尽くされます。年貨とは魚の干物やピーナッツ類、いろいろな種類のキャンディーなどといった旧暦の新年をお祝いする為に使う品物です。

迪化街是台北最古老的街道。十九世紀時，來自中國的船隻會在淡水河的大稻埕碼頭卸下貨物。有人開始在那裡開店來販賣那些物品，後來就被稱為迪化街了。迪化街從那個時候開始就以商業區繁榮至今。如今，多數商家都販售茶葉和中藥等傳統商品。一年之中，迪化街大多時候相當安靜，但每逢農曆新年來臨，就會擠滿選購年貨的人潮。年貨一詞泛指用來慶祝農曆新年的物品，例如魚乾、堅果和各式各樣的糖果等等。

年貨にはいろんな意味が込められています。例えば、ヒマワリの種とカボチャの種は富や財産を表しています。お正月に「魚」を食べるのは「余る」という語の中国語発音と同じだからです。そして「髪菜」という植物は、発音が「お金持ちになる」という意味の中国語「發財」と似ています。

永樂市場もとてもおもしろいところです。一度訪れる価値はありますよ。場所は迪化街と南京西路の交差点近くです。そこは布の問屋街で、ぶらぶらと見てまわるだけでもとても楽しめます。永樂市場は二十世紀初期の日本統治時代からある市場で、一九五〇年代より台湾の布取引の中心地となってきました。現在、永樂市場は大きな建物の二階と三階に入っていて、中には各種布生地や裁縫道具を扱うお店が並んでいます。また、仕立屋さんもいますので、好きな生地を選んでその場でオーダーメイドを頼むこともできます。

「年貨」富含各式各樣的意義。例如瓜子和南瓜子象徵著財富；過年時吃魚是因為「魚」和「餘」的中文發音相同；還有「髮菜」這種植物，發音和中文的「發財」很像等等。

永樂市場也是個很有趣的地方，值得一逛。它就在迪化街跟南京西路的交叉口附近。那裡是個布料批發市場，只是隨便晃晃也很能享受其中的樂趣。永樂市場是從二十世紀初期日據時代以來就有的市場，在一九五〇年代後，成為台灣的布料交易中心。現在，市場位於一棟大型建築的二樓和三樓，裡面都是販賣各種布料和縫紉用具的小店。那裡也有裁縫師，所以可以選擇自己喜歡的布料當場訂製衣物。

1. 臘肉は旧暦の新年に食べる一種の塩漬けの肉です。

臘肉是農曆新年會吃的一種醃肉。

2. 黒キクラゲは、黒色のキノコ類（食用菌類）の一種で、主に料理や漢方薬に用いられます。

黑木耳是一種黑色可食用的菌類，常用於料理及中藥。

3. 迪化街は大稲埕の一部で、大稲埕から自転車でサイクリングロードを北へ進むと淡水に着きます。

迪化街是大稻埕的一部份，從大稻埕可以一路往北騎自行車道到淡水。

4. 第三級古跡でもある霞海城隍廟は霊験あらたかな縁結びの廟として有名で、いつも良縁を求める国内外の観光客でにぎわっています。

同時身為三級古蹟的霞海城隍廟，是公認相當靈驗的月老廟，來自國內外的旅客都會前來求好姻緣，香火十分鼎盛。

5. 歴史的な建物を改修した迪化二〇七博物館では、台湾の歴史や芸術、文学をテーマにした展覧会が頻繁に開催されています。

迪化二零七博物館由歷史建築改建而成，常舉辦跟台灣息息相關的歷史、藝文主題展覽，可以看到台灣的歲月軌跡。

6. 大稲埕にお越しの際は、文化的な雰囲気の漂う古い建物が建ち並ぶ大芸埕エリアを散策してみてください。忙しい日常から解放された気分になれますよ。

來到大稻埕一帶，可以去逛逛「大藝埕」這個區域，具年代感的建築群充滿了文藝氣息，彷彿放慢了生活腳步般悠閒自在。

ロンサンスー
龍山寺

🎧 016_ 龍山寺 _01

どんな所？

龍山寺は台北で最も早く開発が進んだ万華区にあり、万華区の信仰の中心的な存在です。一七三八年に建立されてから二百八十年以上の歴史があり、現在は国の第二級古跡に指定されています。境内にはたくさんの神様が祀られており、正殿には主祭神として観音菩薩が祀られています。龍山寺は完成以来、これまでに地震や火事、戦争などで何度も建て替えられており、第二次世界大戦の時には、砲撃を受けて正殿が全壊しましたが、観音菩薩像だけは無事だったそうです。建築様式は中国の古代宮殿式が採用されており、壁には『封神演義』や『三国志』といった中国の歴史小説をモチーフとした物語が描かれています。龍山寺は台湾のお寺のエッセンスが詰まった場所と言えるでしょう。

龍山寺位於的萬華區是台北最早開發的地方，龍山寺也是萬華區的信仰中心。龍山寺建於 1738 年，至今已超過 280 年歷史，為國家二級古蹟。寺內供奉的神祇很多，正殿主神為「觀世音菩薩」，建廟至今經歷過地震、戰火、火災，經過多次的整修重建。相傳第二次世界大戰時受到砲火摧殘，正殿全毀，只剩下觀世音菩薩神像依舊安然無恙。結構為中國古典宮殿式建築，牆上的故事多出自於中國歷史小說《封神榜》與《三國演義》，建築整體堪稱台灣廟宇精華。

観光名所

龍山寺は 中 正 紀念堂、故宮博物院と並ぶ三大観光スポットの一つで、初めて台北に来た人はぜひ訪れるべき場所です。地元では安全や健康、商 売繁 盛 を祈るために龍山寺に行く人が多いのですが、龍山寺は 良 縁祈願のお寺としても外せない場所です。龍山寺には月下老人という縁結びの神様が祀られており、非 常 にご利益があるため、良い結婚相手に恵まれたいという人が沢山お参りにやって来ます。また、龍山寺は建物全体としても非 常 に特色のあるお寺ですが、中で見られる彫 刻や色彩画、石像も一つ一つが芸 術 品と呼べるものですので、台湾の 廟 文化に興 味のある方はぜひ一度ご覧になってみてください。また、龍山寺の近くには老舗のおいしい店が立ち並ぶ華西街ナイトマーケットがありますし、ミシュランが手ごろな値段で 食事ができるとしてお薦めするお店のビブグルマンも沢山あります。

龍山寺、中正紀念堂與故宮博物院，是第一次來到台北的遊客一定會造訪的三大景點。許多在地人都會定期造訪龍山寺祈求平安、健康、事業順利，不過大家知道嗎？龍山寺也是求姻緣必拜寺廟之一唷！龍山寺中的月下老人十分靈驗，許多人都會特地來這裡參拜，祈求神明賜予紅線牽成好姻緣，順利脫離單身。龍山寺除了建築本身很有特色外，寺廟內的雕刻、彩繪、石雕、木雕都是可以細細鑑賞的藝術品，對台灣廟宇文化有興趣的朋友一定要來看看。龍山寺旁華西街夜市裡老字號美食相當多，還有不少米其林必比登小吃都在龍山寺周邊，一次就可以品嚐多家米其林推薦美食唷！

龍山寺有哪些觀光景點呢？

1. 龍山寺は観音菩薩のお守りが突然光り出したという伝説に基づいて建立されました。

龍山寺一開始是因為菩薩香火袋發光的傳說而建寺。

2. 龍山寺の屋根の頂上には台湾交趾焼の第一人者である葉王の見事な作品が乗っています。

龍山寺屋脊上的交趾陶非常精緻優美，是台灣第一位交趾陶大師葉王的作品。

3. 龍山寺では重要な恒例行事として旧暦の正月にランタン祭り、四月にお釈迦様の生誕祭、七月に中元祭りが開催されます。

農曆正月花燈展覽、四月浴佛節、七月盂蘭盆節都是龍山寺的重要民俗節日。

4. 昔は裁判の時に龍山寺の神様に判定をお願いすることもありました。

古代的官司訴訟甚至會來龍山寺請神明判分明。

5. 龍山寺の周辺には六十年以上の歴史を持つ庶民料理の老舗が沢山あります。

寺廟周邊的小吃很多都歷史悠久，不少一甲子以上老店。

6. 華西街ナイトマーケットで食べられる有名な蛇肉スープには美容効果があるそうですので、勇気のある方はぜひ一度チャレンジしてみてください。

華西街夜市裡的著名的蛇肉湯據說可以美容養顏，敢吃的話就來上一碗吧！

高美湿地
ガオメイしっち

🎧 019_ 高美濕地 _01

どんな所？

高美湿地は台中市清水区西部の台湾海峡と大甲渓河口の汽水域にある、国内でも珍しいカリやカモなどの渡り鳥の密集した繁殖地で、高美野生動物保護区とも呼ばれています。元々は海水浴場でしたが、泥が堆積するようになって海水浴客が次第に減っていき、海水浴場は閉鎖されました。しかし、泥が堆積したお陰で、高美湿地は生態系の豊かな場所となりました。また、当初は干潮の時に干潟の上を歩き回ることできましたが、観光客が押し寄せるようになったことで、生態系の破壊が深刻化し、干潟への進入が規制されるようになりました。現在は桟橋が設置されていますので、生態系を破壊することなく、湿地の美しい風景を近くから満喫することが可能になっています。

　　高美溼地又名高美野生動物保護區，位於台中清水大甲溪出海口，淡水與海洋的交界點，是台灣少數雁鴨集體繁殖區之一。高美溼地早期是海水浴場，不過因為泥沙的堆積嚴重，遊客變得越來越少而關閉，但也因為泥沙的淤積，形成了生態資源豐富的環境。早先年高美濕地在退潮時還可以徒步下去走走，不過因為遊客越來越多，造成海灘生態的破壞加劇，爾後開始管制遊客進入濕地區域。現今由政府興建木棧走道，可以不破壞生態還可以近距離欣賞高美溼地的美景唷！

高美湿地は砂質と泥質が混じり合っていることから、魚類や鳥類にとって最高の生息地となっており、潮が引くと干潟では貝類やカニがたくさん見られます。高美湿地で最も有名なのは美しい夕焼けで、海外メディアから世界で最も美しい夕焼けスポットの一つに選ばれたことがあります。夕焼けを見に行く場合はあらかじめ桟橋の利用時間と日没時間をお確かめになることをお薦めします。また、周辺にある風力発電の風車が織り成す風景も見ごたえ十分です。さらに、高美湿地の近くには自転車をこぎながら海の景色を満喫できる全長一点八キロメートルの自転車道もあり、野鳥愛好家に人気のスポットになっています。なお、その自転車道で市内の梧棲漁港まで行き、そこで新鮮な魚介類を買ったり、食事したりするのも一興です。

　高美溼地是砂質與泥質的混合地，也是魚蝦、鳥類的最佳棲息地，每每退潮後，溼地上都會出現許多貝類、螃蟹。高美溼地最著名的就是傍晚美麗的夕陽美景，還被國際媒體評選為世界最美夕陽之一，建議前去欣賞夕陽前一定要上網查詢木棧道開放時間及夕陽日落的時間。日落時的色彩變化多端，夕陽餘暉還會倒映在溼地地上，加上風力發電的風車，形成獨具特色的美景。除此之外，高美溼地旁還有自行車道，全長一點八公里，沿途可以欣賞海洋景色，也是賞鳥愛好人士的景點之一。高美溼地自行車道可以一路從高美溼地騎到台中梧棲漁港採買海鮮以及大啖美食唷！

1. 高美湿地へ行く場合は晴れた日の午後四時から五時の間が最もおすすめです。

造訪高美溼地最好的時間就是下午四到五點，記得要選好天氣再去。

2. 高美湿地に生息する鳥類は百二十種類以上に上るという統計もあります。

曾經統計過在高美溼地棲息的鳥類種類多達一百二十多種唷！

3. 一般的に海岸沿いの灯台は白か黒と白の縞模様のものが多いですが、高美湿地の近くにある高美灯台は台湾で唯一の赤と白の縞模様です。

通常海邊的燈塔顏色都是白色或是黑白條紋，高美溼地旁的高美燈塔是台灣唯一色彩紅白相間的燈塔唷！

4. 高美湿地へは台湾鉄路海線の清水駅からバスが出ています。

遊客可以搭海線火車到清水，再轉公車抵達高美溼地。

5. 高美灯台の周辺にはネジバナという草が生えており、花が咲いてない間はただの雑草のようですが、実際はとても貴重な植物です。

高美燈塔旁有種植珍貴的「緩草」，非花季時期看起來跟雜草無異，其實是很珍貴的唷！

6. 桟橋の先端からは浅瀬の湿地帯に足を踏み入れることが可能です。

如果木棧道有開放的話，走到最前頭的淺海區域其實是可以下去踩踩水的。

赤嵌楼
チーカンロウ

🎧022_ 赤崁樓 _01

どんな所？

赤嵌楼は台南 中 西区にある、安平区の安平古堡と並ぶ台南の二大古跡の一つです。一 六 五 三 年に台湾を占 領していたオランダ人によって行 政と交易の中心として建てられ、日本統治時代には陸軍の病 院として利用されるなど、三 百 年以上の歴史を有しています。元々の名前はオランダ語で永遠を意味する「プロヴィンディア」ですが、オランダ人に対する呼び名の紅毛にあやかって紅毛楼とも呼ばれていました。三つの四角い台座をつなげてできた西洋風の建物で、国の第一級 古跡に指定されています。建材には主に赤レンガが使用され、壁のつなぎとしては砂糖水ともち米の汁、カキの殻の灰を混ぜ合わせたものを使っていますが、三 百 年以上たった今も堂々とそびえ立っています。

　赤崁樓位於台南中西區，與安平的安平古堡同列台南必訪古蹟之一！赤崁樓原本是西元1653 年荷蘭人佔據台灣時期建造的行政與商業中心，也曾是日治時期的陸軍醫院，至今已有三百多年歷史。其原名「普羅民遮城」，Provintia 為荷蘭文永恆之意，也因為居民稱荷蘭人為紅毛，也有紅毛樓之名。赤崁樓為台灣一級古蹟。其建築特色是以三座方形建築相接的西式洋樓，而且很特別的是，它是以糖水、糯米汁攪拌蚵殼灰為城牆接合，並以紅磚石為主要建材，經歷三百多年依舊屹立不搖。

赤嵌楼は台南市で訪れるべき古跡の一つです。中には海神廟、文昌閣、蓬壺書院があり、周りの芝生にはオランダ人の降伏を受け入れる鄭成功の彫像が建っています。赤嵌楼はオランダ人によってつくられ、鄭成功の明朝、清朝、日本統治時代と受け継がれてきましたので、建物は西洋のお城と中華風楼閣が融合したものとなっています。また、大南門から移された九つの石碑も見所です。石碑の台になっている亀のようなものは贔屭と呼ばれる伝説の生き物で、龍が生んだ九頭の神獣の一つです。贔屭は重いものを支えるのが得意ですので、石碑や石柱の台座の彫刻になることが多く、赤嵌楼の伝説感を高めています。また、小さな橋の架かった中華風の池庭も人気の記念撮影スポットです。なお、赤嵌楼は夜九時半まで拝観可能で、ライトアップされてから見ると、昼間とは違った雰囲気を楽しめます。

赤崁樓為台南市區內重點必遊古蹟之一，其中有海神廟、文昌閣以及蓬壺書院，最外圍的草皮上還佇立著鄭成功接受荷蘭人投降的雕像。由荷蘭人建造，歷經明朝鄭成功、清朝與日治時期，西式城堡又混合著中式閣樓的建築風格，以及由大南城門移來的九隻貌似石龜的贔屭背負著的石碑御牌。贔屭為傳說中龍生九子之一，長得像烏龜又能負重，所以多為石碑、石柱底下的雕飾，也為赤崁樓增添了不少傳說感。赤崁樓的中國風花園小橋流水，也是遊客必定會合影留念的景點。赤崁樓一直開放到晚上九點半，晚上造訪點起彩色燈光後的赤崁樓又會是不同的感覺。

1. 現在の赤嵌楼からは当初の様子を伺い知ることは難しく、中華風の文昌閣、海神廟のほうが目立っています。

   如今的赤崁樓反倒看不太出來一開始的模樣，中國風的文昌閣、海神廟反而比較顯眼。

2. 赤嵌楼の庭園には馬や蛇の石像、漢文が刻まれた石碑が立ち並んでおり、まるで屋外の歴史博物館さながらです。

   赤崁樓庭院中擺放許多石馬、石蛇還有滿漢文並列的石碑，就像個戶外歷史博物館一樣。

3. 当時の漢人は髪の毛が赤いオランダ人を紅毛と呼び、オランダ人が建てた建物を紅毛楼、紅毛城 と呼んでいました。

   早期漢人稱荷蘭人為紅毛，因為頭髮是紅色的，所以也將荷蘭人所建建築稱為紅毛樓、紅毛城。

4. 赤嵌楼は明鄭統治時代には弾薬庫として使用されていました。

   赤崁樓在明鄭時期還有被當成過彈藥庫、軍火庫使用喔！

5. 清朝初期には台江という内海が土砂で埋もれていなかったため、赤嵌楼の周辺まで大きな波が達し、西に沈む夕日に照らされた美しい海の景色を建物の上から眺めることができました。

   清朝初年台江還未淤積前，浪濤還會從城邊經過，登上赤崁樓就可以看到夕陽西下的江邊美景。

6. 赤嵌楼で歴史と文化に触れた後は、周辺に沢山ある庶民料理のお店でグルメを満喫するといいでしょう。

   赤崁樓周圍小吃豐富，不只可以探索歷史文化，還可以一飽口福。

🎧025_ 蓮池潭 _01

高雄市左営区にある蓮池潭の歴史は、清朝統治時代の一八六八年に鳳山県の長官だった楊芳声がこの湖のそばに孔子廟を建立した時に始まりました。古来の伝統では、孔子廟は水に面した場所に建てなければならないため、蓮池潭の湖畔に建立されることになったのです。蓮池潭という名前は、夏になると湖いっぱいに蓮の花が咲き、清々しい香りを漂わせていたことに由来します。蓮池潭の源流は高屏渓で、面積は四十二ヘクタールと、左営区の湖として最大です。周辺には孔子廟、北極玄天上帝廟、慈済宮、順天宮など廟や寺が二十以上あり、台湾で最も廟や寺が密集したエリアとなっています。中でも慈済宮の龍虎塔、啓明堂の春秋閣、孔子廟が蓮池潭周辺の最も代表的な建築物です。

高雄左營區的蓮池潭歷史追溯至一八六八年，鳳山知縣楊芳聲建造孔廟開始。依照古代傳統，孔廟需一面鄰水，因此孔廟依池畔而建。清代時夏日池中種滿蓮花，夏季盛開清雅飄香，才有了蓮池潭之名。蓮池潭池水源自於高屏溪，面積四十二公頃，也是左營區內最大的湖泊。周圍有多座像是孔廟、北極玄天上帝廟、慈濟宮、順天宮......等二十多座廟宇，是台灣廟宇密集度最高的區域。其中慈濟宮的龍虎塔、啟明堂的春秋閣、孔廟為蓮池潭最具代表性的建築。

蓮池潭は高雄で必ず訪れるべき観光スポットの一つで、宗教的な色彩が強い場所というのが蓮池潭の一般的なイメージです。蓮池潭には龍虎塔という七階建ての二つの塔があり、龍の口が入口、虎の口が出口になっていますが、それには龍の喉から入って虎の口から出ると厄除けになるという意味合いがあります。龍虎塔の中には壁画や交趾焼という陶磁器があり、塔の頂上に登ると蓮池潭を一望できます。また、中国宮殿式の二つの楼閣から成る古色蒼然とした春秋閣は武聖の関羽を祀るために建てられたもので、二つの楼閣は九曲橋で繋がっています。春秋閣の前には騎龍観音像があり、これについては観音様が龍に乗って現れ、その姿の像を立てるよう信者に命じたという伝説があります。また、蓮池潭は二〇二二年に高雄初のウォーターパークとなり、サップやカヌー、ヨットを楽しむことができます。

蓮池潭入選為國際旅客來到高雄必訪景點之一，一般對於此地的印象就是有濃濃的宗教色彩。兩座高塔矗立其中，龍虎塔塔高七層樓，從龍口進、虎口出，有入龍喉出虎口的意義，龍塔中畫有壁畫以及交趾陶作品，也可以登上塔頂一覽蓮池潭全景。古色古香的春秋閣是為了紀念武聖關公而建，為兩座宮殿式閣樓建築，與九曲橋相連結，春秋閣前端還有一尊騎龍觀音，據說是觀音騎龍現身顯靈，要求信眾在春秋閣間依照其現身姿態建造雕像，這也是春秋閣的一個傳說故事。二零二二年蓮池潭還整建成為高雄首座水域中心，可以讓民眾體驗 SUP 立槳、輕艇、帆船等水上活動。

1. 蓮池潭周辺には歴史的な史跡だけでなく、おしゃれなカノェもありますよ。

蓮池潭不只有歷史古蹟，四處走走的話還可以發現文青咖啡廳喔！

2. 蓮池潭では毎年端午節にドラゴンボートのレースが開催されています。

蓮池潭也是每年端午節龍舟競賽的場地。

3. 蓮池潭は夕暮れ時に水面がきれいに輝き、夜はイルミネーションで美しい光景が見られます。

夕陽西下時的蓮池潭波光粼粼，晚上點起燈光又是另一番美景。

4. 蓮池潭は清朝統治時代に鳳山八景の一つに数えられていました。

蓮池潭在清朝時名列鳳山八景之一。

5. 蓮池潭にはたくさんの伝説があり、カップルで龍虎塔に行くと別れてしまうという伝説もあります。

蓮池潭有很多傳說，其中之一就是情侶一起走龍虎塔會分手。

6. 蓮池潭の北側にある孔子廟は台湾の孔子廟の中で最も面積が大きいです。

蓮池潭北側的孔廟，是全台面積最大的孔廟。

ケンティン
墾丁

🎧 028_墾丁_01

墾丁は台湾の最南端に位置する熱帯のリゾート地です。中国語で「永遠の春」という意味を持つ恒春半島の端にあります。清朝のある役人が開墾に携わるための体力のある働き手（中国語で「壮丁」）を広東からたくさん呼び寄せたことから、墾丁と名付けられました。

台湾海峡、バシー海峡、太平洋と三面を海に面する墾丁には、森や丘陵地域、砂浜海岸などもあります。日本統治時代には、もうすでに墾丁は台湾で最も人気のある観光地となっていました。墾丁は台湾で唯一の熱帯のリゾート地のため、観光客のほとんどは照りつける太陽や美しいビーチの散策を楽しむのが目的です。一九八二年、その美しい景色を保護し残すために、台湾で初めてとなる国立公園「墾丁国家公園」とする事が計画されました。

墾丁是台灣最南端的熱帶度假勝地，位於中文意指「永遠是春天」的「恆春」半島尾端。由於某位清朝官員從廣東招來許多壯丁開墾此地，才被命名為墾丁。

在面臨台灣海峽、巴士海峽、太平洋，三面環海的墾丁，也有著森林、山丘、沙濱海岸線等等。在日據時代，墾丁就已成為台灣最受歡迎的觀光景點。墾丁因為是台灣僅有的熱帶度假勝地，大多數的觀光客都為享受日照和在美麗的沙灘上漫步而來。一九八二年，為保留墾丁的美麗風景，成立了台灣的第一座「墾丁國家公園」。

観光名所

白沙湾と南湾では数々のマリンスポーツや活動を体験できますし、砂浜に横になってきれいな小麦色に肌を焼くのもいいですよ。大自然をもっと満喫したければ、熱帯植物や鳥、蝶類の豊富な墾丁自然遊楽区がおすすめです。景色を見てまわりたいなら、バイクをレンタルして海岸線に沿って走ると猫鼻頭、船帆石、鵝鑾鼻灯台や佳楽水などのスポットをまわることもできます。もし四月に訪れることができるのなら、台湾で最大規模の屋外ミュージックフェスティバル「スプリングスクリーム」もお見逃しなく。「スプリングスクリーム」には、ロックやポップミュージックの百組を超えるアーティストが台湾及び世界各地から参加します。

　墾丁だけでなく、屏東の大鵬湾国家風景区は、豊富な天然資源と歴史的な文化スポットが多くありながら、独特の自然条件を擁しているから、ぜひ足を運んでみてください。

　在白沙灣和南灣可以體驗各種水上運動和活動，也可以躺在沙灘上曬出一身漂亮的古銅色。想更加享受大自然美景的話，有豐富熱帶植物、鳥類和蝴蝶等等的墾丁森林遊樂區是首選。想飽覽風景，也可以租輛機車，沿著海岸線馳騁，周遊貓鼻頭、船帆石、鵝鑾鼻燈塔和佳樂水等景點。在四月造訪的話，可千萬別錯過台灣最大型戶外音樂祭「墾丁春吶」！在「墾丁春吶」，有超過數百組搖滾與流行音樂藝人從台灣及世界各地來參加。

　除了墾丁，屏東的大鵬灣國家風景區，充滿豐富的天然資源與歷史人文，擁有獨特的自然條件，也值得一遊。

1. 白沙湾は白い砂と澄んだ海の水で有名で、水遊びやキャンプに最適です。

   白沙灣以白沙和清澈的海水聞名，最適合游泳和露營。

2. 後壁湖のマリーナでは遊覧船に乗ったり、サンゴ礁の近くでシュノーケリングやスキューバダイビングを体験できます。

   在後壁湖遊艇港，可以搭觀光遊艇，或是體驗在珊瑚礁附近浮潛及潛水。

3. 南湾では、水上バイクをレンタルしたり、パラセーリングやセーリングのレッスンを受けることができます。

   在南灣，可以租借水上摩托車、參加海上拖曳傘或帆船的課程。

4. 個性的な商店や庶民料理の屋台が立ち並ぶ墾丁大街は、夜になると大勢の観光客とネオンで賑わいます。

   墾丁大街上充滿特色商店，沿路也有許多小吃攤，眾多遊客和街道旁的霓虹燈形成熱鬧的街景。

5. 鵝鑾鼻灯台は台湾最南端の灯台です。台湾で最も強い光を放つ灯台でもあり、「東亜の光」という別称があります。

   鵝鑾鼻燈塔是臺灣最南端的燈塔，也是目前臺灣光力最強的燈塔，有「東亞之光」的別稱。

6. 屏東県の国立海洋生物博物館は台湾最大の水族館です。水族館の中で宿泊できる「夜宿海生館」というプランは親子に大人気です。

   屏東國立海洋生物博物館是台灣最大的海洋生物博物館，常舉辦的「夜宿海生館」體驗活動特別受親子歡迎。

Q&Aコーナー

旅遊學習必備日文—旅行諺語

　　學習日文時有個一定會遇到的關卡，就叫做「諺語（ことわざ）」。它們有點像中文的成語或歇後語，通常與日本的文化背景、生活習慣息息相關，也有可能會連結到我們熟悉的中國古代詩詞。因此雖然被放在日本小學生的授課內容中，但對外國人來説，絕對是一項有趣的知識。如果在與日本人旅行時適時運用幾句俗諺，相信日本朋友也會感到驚訝，並對你刮目相看喔！

Q1 「旅は道連れ世は情け」とはどういう意味？

　　昔の旅は今と違って自然災害や人災など大変なことが多く、同行者がいるととても心強く感じられました。現在では、人生も旅と同じように人情が必要で、世を渡るには互いに支え合うことが大切なので、周りの人との付き合いを大事にしなさいという意味で使われます。

　　Q1 『旅は道連れ世は情け』是什麼意思？

　　以前的日本人要踏上長途旅行時，可能遇上危險的天災人禍，這時如果能有個旅行的伴侶一同前進會更安心。現在則延伸比喻為活在世上就是「出外靠朋友，處世靠人情」，和週遭的人相處得好，能多獲得照顧也能互相支持。

Q2 「旅の恥は掻き捨て」とはどういう意味？

　表面的には「旅先では恥を捨てなさい」、つまり、旅先では知人に出会うことも、一つの場所に長くとどまることもないので、普段なら恥ずかしくてできないようなことも、開放的な気持ちになってやってみると、いろんな経験ができるという意味です。

　Q2 『旅の恥は掻き捨て』是什麼意思？

　這句諺語字面上的意思是「旅途中就拋開羞恥吧」。因為踏上旅途後既不會遇到熟人，也不太會在一個地方長期滯留，所以即使是平日的自己不會做的事情，都可以拋開羞恥心多嘗試看看。旅行時比起矜持，放寬心去享受可以獲得更多體驗。

Q3 「天地は万物の逆旅」とはどういう意味？

　これは李白の「夫れ天地は万物の逆旅なり」という言葉に由来することわざで、人生ははかなくて移ろいやすく、夢のように過ぎ去ってゆくという意味です。逆旅とは一時的な宿のことで、天地すなわちこの世は全てのものが生まれてから消えるまでのわずかな間に泊る場所にすぎないということを李白は言おうとしたのです。

　Q3 『天地は万物の逆旅』是什麼意思？

　此諺語出自於李白的「夫天地者萬物之逆旅也」，意思是飄忽不定的人生就像是一場夢，也能表現出日文中「儚い」的意思。所謂的「逆旅」是指住宿的地方，李白用此比喻天地就只是世間萬物從出生到死亡之間借住的一個場所而已。

台灣的驕傲與美麗─國家公園

　　國家公園成立的目的，通常都是為了保護自然景觀或是人文、歷史遺跡，而台灣也不例外。設立宗旨為保護環境的國家公園，通常也會較嚴格限制遊客的遊覽方式，或是有些需要事先準備的物品。畢竟國家公園美景的永續維護，不只是台灣人，也是每個遊客都需要留心的事情。帶日本朋友前去遊玩時，記得事前先將規範釐清並向對方說明，可以讓這趟旅程更順利喔！

Q1 台湾にはどのような国家公園があるの？

　　台湾には九つの国家公園と一つの国家自然公園があります。台湾で最初の国家公園は屏東県の恒春半島にある墾丁国家公園で、陸地と海域を含み、熱帯モンスーン雨林が広がる国家公園です。また、国家公園の中には、複数の県市にまたがるほど広いところもありますので、思う存分満喫したい方は、あらかじめルートやスポットを調べておくことをお薦めします。

Q1 台灣的國家公園有哪些呢？

　　台灣總共有九座國家公園和一座國家自然公園。第一座是屏東縣恆春半島的墾丁國家公園，包含海洋與陸地區，是熱帶季風雨林型態的國家公園唷！有些國家公園幅員廣闊，可能跨好幾個縣市，最好事先做功課研究路線、景點，才能玩得盡興唷！

Q2 台湾の国家公園にはどのような見所があるの？

　台中市の雪霸国家公園には、春に桜の花が見られる有名な武陵農場があります。また、陽明山国家公園には火山活動によってできた地熱温泉がたくさんあるほか、近くに高級温泉ホテルや公衆浴場も多く、北部の人にとって一番人気の温泉スポットとなっています。

Q2 台灣的國家公園涵蓋了哪些值得一看的景觀呢？

　台中雪霸國家公園內的武陵農場櫻花季是春天賞櫻的重頭戲之一，而陽明山國家公園的火山地形成了許多地熱溫泉，附近有許多高級溫泉飯店或公共溫泉湯屋，是許多北部居民泡溫泉的首選喔！

Q3 国家公園で注意すべきことは？

　国家公園の植物や動物、鉱物などの自然物は全て国家公園法によって保護されており、国家公園では基本的に公園内で守るべきルールが定められていますので、あらかじめインターネットで観光ルールをチェックしておくことをお薦めします。

Q3 參觀國家公園有哪些需要注意的事項呢？

　國家公園內的一草一木與動物、礦物生態都受到國家公園法保護，基本上都會有需要遵守的入園規範，進入前記得先上網看遊客守則唷！

PART 2

小鎮巡禮×導覽指南

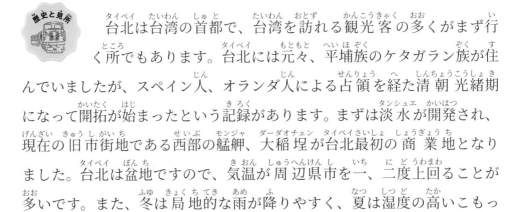

🎧 033_ 台北

台北は台湾の首都で、台湾を訪れる観光客の多くがまず行く所でもあります。台北には元々、平埔族のケタガラン族が住んでいましたが、スペイン人、オランダ人による占領を経た清朝光緒期になって開拓が始まったという記録があります。まずは淡水が開発され、現在の旧市街地である西部の艋舺、大稲埕が台北最初の商業地となりました。台北は盆地ですので、気温が周辺県市を一、二度上回ることが多いです。また、冬は局地的な雨が降りやすく、夏は湿度の高いこもった暑さが特徴です。

台北では公共交通機関のMRT路線が台北駅を中心に四方八方に延びており、重要な観光スポットはほぼ全てMRTで行けますので、外国人観光客の方にとって非常に便利です。また、公共レンタサイクル「YouBike」の自転車で台北をゆったり巡るのもお薦めです。

台北は伝統とモダンが融合した都市です。買い物がお好きな方は世界の流行が集まる東区や信義区、または若者向けブランドが集まる西門町に行くといいでしょう。電化製品などのお店もあります。昔の台北文化に触れてみたいという方は、旧市街地の迪化街・大稲埕エリアを散策するといいでしょう。華やかなバロック式の建物が見られますし、赤レンガと瓦の閩南式の建物が立ち並ぶ路地にはお茶屋さん、漢方薬のお店のほか、おしゃれなお店もあります。大稲埕には二百年以上の歴史を持ち、霊験あらたかな縁結びの神様の月下老人を祀る廟の「霞海城隍

廟」もありますので、良縁がほしいという方はぜひお立ち寄りください。

　台北一〇一の近くにある四四南村は、台湾の眷村特有の平屋が連なった古い街並みが残る場所です。休日には空き地で毎週異なるテーマの文化クリエイティブ市場が催されています。

　台湾の伝統的な庶民料理を味わいたいという方は、寧夏夜市に行かれるといいでしょう。MRT赤線の双連駅から五分のところにあり、滷肉飯や臭豆腐、牛肉麺、カキ入りのオムレツなど、台湾の定番グルメを満喫できます。歴史のあるお店など様々なお店が立ち並び、英語のメニューがあるほか、悠遊カードやモバイル決済も利用できますので、観光客の方にとってとても便利ですし、地元の人もよく行っています。

　台北為台灣的首都，也是不少觀光客來到台灣觀光的首站。台北原是平埔族凱達格蘭人生活的區域，歷經西班牙人、荷蘭人佔領，一直到清朝光緒後才有開墾記錄。早期開發以淡水為首，台北西邊的艋舺、大稻埕為台北最早開發的商業區，也是台北的舊城區。台北為盆地地形，氣候也因為地形受到影響，溫度常常會比周圍縣市高上攝氏一、兩度，冬季也比較容易有區域性的地形雨，夏季稍微潮濕悶熱些。

　台北的大眾交通工具以台北車站為中心，捷運系統四通八達，讓國際旅客遊覽台北變得十分方便，台北市的重要景點幾乎都能搭捷運抵達，除此之外騎乘YouBike，以腳踏車慢遊台北也是很推薦的交通方式唷！

　台北是現代化與傳統兼具的都市，喜歡購物行程的可以選擇到國際時尚潮流聚集的東區、信義區以及年輕潮牌聚集的西門町走走，也有3C商品可以逛；想要看看早期台北文化的人，可以到舊城區迪化街大稻埕這區走走，有華麗的巴洛克風格洋樓，也可以穿梭於閩式建築紅磚瓦弄小巷間，茶行、中藥店，還有各種文青小店，除此之外還可以順道參拜超過兩百年歷史的霞海城隍廟，是台北十分靈驗的月老廟，想要好姻緣一定要來這走走！

　台北101旁的四四南村是台灣早期特有的眷村文化留下來的連棟式平房，假日時眷村中的空地就會變身文青市集，每一週有不同的主題唷！

　想要品嚐台灣傳統小吃，可以到寧夏夜市走走，距離紅線捷運雙連站五分鐘的路程，滷肉飯、臭豆腐、牛肉麵、蚵仔煎，最經典的台灣小吃在這裡都吃得到。除了店家歷史悠久又豐富，而且夜市環境對於觀光客來説十分友善，有英文菜單外，悠遊卡、行動支付也相當方便，是在地人跟觀光客都很喜歡逛的夜市喔！

1. 台北の路地裏には個性的な商店やカフェがたくさんありますので、穴場スポット探しをしてみる価値は十分にあります。

台北小巷弄中隱藏了很多特色小店與咖啡廳，也非常值得去挖寶。

2. 華山文創園区は若者が好きなスポットで、休日はよく市場などのイベントが開催されています。

華山文創園區也是年輕人喜愛的景點，假日常常會舉辦活動或市集。

3. YouBike はクレジットカードで借りることができますが、会員登録には悠遊カードが最も便利です。

YouBike 可以用信用卡單次租借，但是加入會員註冊悠遊卡是最方便的方式。

4. 台北の故宮博物院には非常に多くの作品が所蔵されています。

台北故宮博物館的館藏非常豐富。

5. 台北では二階建てバスに乗って市内を観光するのが最新の楽しみ方となっています。路線は二本あり、二十カ所の人気スポットを周れます。

搭乘雙層巴士玩台北是最新的台北觀光方式，巴士有兩條路線，包含 20 個熱門景點。

6. 高い所から台北一〇一や台北市の美しい街並みを一望したいという方には、象山歩道がお薦めです。

想要俯瞰台北 101 與台北市美景的話就去象山步道吧！

PART 2　小鎮巡禮 × 導覽指南

歴史と見所

　　新北市は元々、台北県でしたが、二〇一〇年の制度改正で直轄市に昇格しました。台湾最北の都市で、台北市、基隆市と合わせて大台北首都生活圏を構成しています。人口は約四百万人と各県市で最多です。台北市は物価が高いですので、新北に住んで台北で働いている人が多く、新北は台北と生活圏が深く繋がっているのです。市内は高山、丘陵、台地などの地形に富み、夏は湿度が高く、冬は湿った寒さが特徴で、台湾で最も降水量が多い地域の一つでもあります。

　　新北市と台北市はMRTの環状線三区間と新路線三本によって二十九の行政区が結ばれる予定です。また、バスやタクシーなども人口四百万人の足を支えており、交通の便は良いです。

　　新北市には観音山風景区や北海岸の野柳地質公園といった景勝地のほか、史跡、九份老街、淡水老街、烏来老街、三峡老街、鶯歌老街、金山老街など沢山の観光スポットがあります。

　　九份老街は新北市の瑞芳区にあります。広大な海や山の景色が望める場所で、レトロな雰囲気も漂っています。九份は元々、金山の街で、一九三〇年代に旺盛を極めましたが、金が取れなくなると衰退していきました。その後、九份をロケ地とした映画の『悲情城市』がベネチア国際映画祭でグランプリを受賞したことで、メディアの脚光を浴び、昔懐かしい山中の九份に多くの観光客が訪れるようになりました。

平渓も昔ながらの落ち着いた雰囲気を残す山中の町です。かつては石炭の掘削などが行われていた場所で、台湾鉄路の支線である平渓線からアクセスできます。幅が狭く奥行きが長い街家と山腹の坂道が平渓の特徴で、平渓老街には小さな電車が通ります。また、平渓の一大イベントといえば、元宵節に行われるランタン飛ばしで、同じく元宵節に開催される台南の爆竹祭りと並んで「北はランタン飛ばし、南は爆竹祭り」という言葉があるほどです。ランタンには願い事や祝福の言葉を記して飛ばします。元々は村人同士が互いの無事を知らせるために飛ばしていたものですが、今では商業的なイベントになっています。普段からランタンを購入して飛ばすことも可能ですが、元宵節のランタンフェスティバルでは一度に百個以上のランタンが夜空に放たれ、圧巻の光景が広がります。

　　新北市原名台北縣，二零一零年改制升格為直轄市，也是台灣最北的城市，與台北市、基隆市共同稱為大台北首都生活圈，人口約四百萬人，是全台人口最多的縣市。由於台北市生活消費偏高，因此許多人都是在台北市工作，居住在新北市，是與台北市生活緊密連結的縣市。新北市內的地形、地貌多變，有高山、丘陵、台地等。氣候上夏季濕度高，冬季偏濕冷，是台灣雨量最豐沛的地區之一。

　　新北市的交通以三環三線捷運交通串起台北、新北的二十九個行政區，搭配公車、計程車等多元交通方式，緩解新北四百萬人口壓力，交通南來北往也是相當方便。

　　新北市內的旅遊景點、風景名勝非常多，像是觀音山風景區、北海岸野柳地質公園，歷史古蹟與老街等眾多自然景點，或是知名的九份老街、淡水老街、烏來老街、三峽老街、鶯歌老街、金山老街......等，都是位於新北市境內。

　　九份老街位於新北市瑞芳區，同時擁有寬闊海景與山景，有非常懷舊的氣氛。九份早期以挖金礦為主，一九三零年代達到繁榮高峰，後期由於金礦開採始盡，昔日的繁華逐漸凋零。爾後由於在九份取景的電影「悲情城市」在威尼斯影展奪獎，在媒體的報導下，懷舊的山城老街吸引了大量的遊客造訪。

　　平溪同樣是古樸的山城，早期以產煤礦為主，有鐵路支線平溪線可以到達。狹長型街屋與山坡是其特色，小火車還會通過老街上方。每年元宵節的放天燈更是平溪的重要活動，與台南蜂炮齊名，有「北天燈、南蜂炮」的元宵節慶俗語。天燈上可以寫上願望、祝福，早年的天燈用途，是村民用來相互通報平安的工具，現代則演變為商業活動。平日可以自行購買天燈施放，元宵節的平溪天燈節則是一次有上百盞天燈飄在空中，相當壯觀！

1. 坪林区の特産は茶葉です。坪林では古い街並みを散策したり、お茶を味わったりするといいでしょう。

   坪林區的特產是茶葉，來到這可以逛老街與品茶。

2. 新北の山の中にある古い街並みでは冬になると、しとしとと雨が降り、霧が立ち込めて独特の雰囲気を醸し出します。

   新北山城的老街冬天總是陰雨綿綿，雲霧繚繞，有獨樹一格的特色。

3. 万里のカニはとても有名です。秋から冬にかけてが旬です。

   萬里的螃蟹非常著名，秋冬正是吃螃蟹最好的季節。

4. 石門の石花凍は台湾特有の藻類から作ったゼリーです。ツバメの巣スープやオーギョーチのような味わいで、夏にレモンと蜂蜜を加えて食べると涼しくなります。

   石門的石花凍是台灣特有的藻類，吃起來像燕窩、愛玉，加點檸檬、蜂蜜，在夏天吃特別消暑。

5. 淡水ではぜひ名物グルメの阿給と魚のすり身団子スープを食べてみてください。

   到淡水一定要吃特色小吃阿給配魚丸湯。

6. 八里フェリーターミナルの双胞胎は台湾独自の揚げ物で、ドーナツのような味わいです。

   八里渡船頭的炸物雙胞胎，吃起來像是甜甜圈一樣，是台灣獨有的炸物唷！

🎧037_桃園

桃園は大台北生活圏に隣接する六直轄市の一つで、人口密度は高いです。地形は階段状の台地が多いですが、高く聳える山岳もあります。明鄭時代以前の桃園には開拓に来た漢人はそれほど多くなく、主に平埔族のケタガラン族が住んでいました。明鄭時代以降は当初、北部の沿岸部などが開拓されました。明朝が清朝に降伏し、清朝統治時代になってからは、桃園地区は台湾府諸羅県の管轄に置かれました。その後、中国の福建、広東省あたりから多くの移民が到来し、第二次国共内戦後は中国から渡ってきた多くの軍人と家族が定住するようになりました。中壢区の龍岡地区には雲南省やミャンマーから移住してきた外省人が多く、独特の文化が形成されています。

桃園には慈湖の両蒋文化園区や大渓老街といった歴史的な場所や、拉拉山巨木区や小烏来風景特定区などの自然景観スポットが多いです。大渓老街は桃園で最初に開発が進められたエリアで、大漢渓を経由して当時賑わっていた淡水港にアクセスできたため、貿易が栄え、多くの有名な商店や豪商が誕生しました。大渓老街には当時建てられたバロック様式と閩南式の装飾が融合した建物などが今でもきれいに残っており、今見ても華やかさが十分に伝わってきます。

大渓老街を散策しながら、地元名物の豆干や麦芽ピーナッツ菓子を味わうのもいいでしょう。大渓老街からはそのまま歩いて、元総統の蒋介石、蒋経国親子の陵墓がある慈湖の両蒋文化園区に行けます。元々は

蒋 介石元総統の別荘地で、そこの風景が故郷と似ていたことと、亡き母への思いを込めて、そこの湖は慈湖と名付けられました。慈湖は前慈湖と後慈湖に分かれており、山に囲まれた美しい風景が広がっています。また、慈湖では衛兵の交代儀式を見ていく観光客が多いです。湖の美しい景色も素晴らしいですが、韓国アイドルのダンスのようにぴったり揃った動きで落ち着いた行進と華麗な銃剣さばきを見せてくれる交代儀式も見ていく価値は十分にありますよ。また、台湾の眷村文化に興味のある方は、馬祖新村眷村文創園区に行かれることをお薦めします。眷村文化が色濃く残っていますし、不定期的ですがパフォーマンスや文化・芸術イベントが開催されていますよ。

桃園緊鄰大台北生活圈，人口稠密，是台灣的六都直轄市之一。地形大都是綿延呈現階梯狀的臺地，也有高聳的山岳。明鄭時期前，漢人尚未大量來桃園開墾，桃園分布的族群以平埔族凱達格蘭族原住民為主，明鄭後，初期主要開發北部濱海區域。明朝投降清朝後進入清朝統治時代，桃園隸屬台灣府下的諸羅縣。自此之後，許多由中國福建、廣東兩省的漢人大量移入，第二次國共內戰後，不少來自大陸的軍眷定居於桃園，中壢龍岡就有許多滇、緬移入的外省族群，形成當地特有的文化特色。

桃園的人文歷史與自然景觀都很豐富，例如慈湖兩蔣文化園區、大溪老街、拉拉山巨木群、小烏來風景特定區，都在桃園市的範圍內。大溪老街是桃園最早發展的地區，透過大漢溪可以直達熱鬧的淡水港，當時貿易興盛，造就了不少知名商號與巨賈。大溪老街保留著當年巴洛克混合閩南雕飾的建築風格，老街建築保持得相當好，在今日看來依舊是華麗的可以。

來到大溪老街走走，可以品嘗一下大溪豆乾、麥芽花生糖，都是大溪知名的小吃喔！沿著大溪老街往上走，就可以到達慈湖兩蔣文化園區，為兩蔣總統長眠之地，原為前總統蔣中正的行館，因為環境酷似在中國的老家，命名慈湖也代表對母親的思念之情。慈湖又分前、後慈湖，風景優美，四面都有環山圍繞。不少觀光客到慈湖一定會看的是儀隊交接儀式，沈穩步伐加上花槍操演，每一個動作、角度就像韓國刀群舞一樣整齊劃一，除了欣賞慈湖美景外，儀隊交接也是值得等待的觀賞項目唷！對於台灣眷村文化有興趣的朋友，也推薦到馬祖新村眷村文創園區走走，此地保留相當多眷村文化，還會不定時有展出表演以及文藝活動唷！

1. 桃園ではアブラギリのシーズンの四月から五月にかけて、花見の観光客で賑わいます。

　　每年四到五月的油桐花季，是桃園的觀光賞花盛事之一。

2. 本格的な雲南料理やミャンマー料理を味わいたいという方は、ぜひ龍岡に行ってみてください。龍岡では毎年大盛況の伝統あるライスヌードルフェスティバルが開催されています。

　　想要吃道地的滇緬料理，一定要去龍崗走走，每年還會盛大舉辦傳統的龍崗米干節，活動熱鬧極了！

3. 桃園市は桃園国際空港があり、外国人観光客の方の多くがまず降り立つ都市です。

　　桃園國際機場就位於桃園市內，國外觀光客一下機的第一站就是桃園。

4. 桃園は台湾西部の県市で最も多くの原住民が住んでいる都市で、原住民の豊年祭は桃園でも見られます。

　　桃園是台灣西部原住民最多的縣市，原住民豐年祭其實在桃園也看得到！

5. 桃園では温泉を楽しむこともできます。龍潭区と復興郷には美人の湯とも呼ばれる炭酸水素塩泉がありますよ。

　　桃園也可以泡溫泉，龍潭區、復興鄉都有俗稱美人湯的碳酸氫鈉泉可以泡唷！

6. 小烏来天空歩道は小烏来滝の真上にあります。歩道からは深い滝の壮大な美しさを鑑賞でき、台湾で最もロマンティックなスポットの一つに選ばれています。

　　小烏來天空步道就座落於小烏來瀑布上方，走在上頭能直接體驗到瀑布深淵的壯麗之美，還被民眾票選為全台最浪漫景點之一。

歴史と見所

　台中は、台湾中西部にある台中盆地に位置しています。中央山脈が台風の接近を防ぐので、ほぼ一年中暖かくカラッとした天気で、とても過ごしやすい気候の場所として知られています。この都市は清の時代に建立され、当時は「大墩」と呼ばれていました。そして、その後日本政府により「台中」と改称され、その日本統治時代に台中は政治、経済、交通網の重要な中心地として発展していきました。

　現在、台中は忙しい現代的な大都会へと更に発展を遂げ、二百六十万もの人口を擁するようになりました。また、「最も住みやすい都市」として高い評価を得ている台中には、ショッピングや食事、数々のアクティビティーを楽しめるスポットがたくさんあり、台湾の中でも非常におすすめの観光地です。もしショッピングやグルメを楽しみたいなら、まずはじめに「精明一街」に行ってみてください。この歩行者専用の通りには、ブティックやレストラン、カフェ、ギャラリーなどがあり、そこでゆったりとした午後のひとときを過ごすことができるはずです。タピオカミルクティーの材料は、紅茶、ミルク、そして甘く弾力のあるタピオカです。機会があれば、精明一街にある「タピオカミルクティー」発祥のお店で、元祖タピオカミルクティーを飲んでみませんか。

　また、台中は博物館でも有名です。国立台湾美術館、国立自然科学博物館や、郊外に位置する霧峰の「九二一地震教育園区」などがあ

ります。国立台湾美術館は、アジアで最大規模の広さの美術館です。そこには、伝統芸術から現代美術に至るまで幅広く台湾の芸術作品が収蔵されていて、よく国際芸術展も行われています。国立自然科学館には、参加型展示物がある科学センターやIMAXシアター、植物園が設置されています。九二一地震教育園区は自然科学博物館の分館で、一九九九年に発生した九二一地震の爪痕を間近に見ることができます。台中には公園もたくさんあるので、台中都会公園や中山公園などを散歩して、ポカポカと暖かい天気を楽しむこともできますよ。日が落ちた後は、台中の夜市に足を運んで、おいしい食べ物の数々を食べ歩きするのもいいですね。

　台中位於台灣中西部的台中盆地。由於有中央山脈阻擋颱風的侵襲，台中的天氣幾乎終年溫暖、晴朗，以氣候宜人的地區聞名。這座城市建於清朝，當時被稱為「大墩」。而之後由日本政府易名為「台中」，在日本統治的時代，台中逐漸發展為重要的政治、經濟與交通樞紐。

　現在，台中更發展成繁忙的現代大都會，坐擁兩百六十萬人口。而被高度評價為「最適合居住城市」的台中，有許多可享購物、餐飲、多項活動的觀光景點，是台灣非常令人推荐的旅遊勝地。如果想要享受購物和美食，首先來到「精明一街」吧！這條行人徒步街上有著精品店、餐廳、咖啡館和藝廊等等，應該可以在那裡度過一個悠閒的午後時光。珍珠奶茶的原料包括紅茶、牛奶和香甜又嚼勁的珍珠粉圓。有機會的話，要不要在精明一街的「珍珠奶茶」創始店，來杯元祖珍珠奶茶呢？

　此外，台中也以博物館聞名，有國立台灣美術館、國立自然科學博物館，以及位於郊區霧峰的「九二一地震教育園區」等等。國立台灣美術館是亞洲占地規模最大的美術館，那裡擁有從傳統藝術到當代美術等多領域的收藏，也時常舉行國際藝術展覽。國立自然科學博物館設有互動式展覽的科學中心、高解析大銀幕電影院以及植物園。九二一地震教育園區是自然科學博物館的分館，能近距離地認識一九九九年發生的九二一大地震所造成的災害。台中也有許多公園，所以可以在台中都會公園或中山公園等地方漫步，享受台中晴朗和煦的天氣喔！在太陽西下後，造訪台中的夜市，邊走邊品嘗各式美食也不錯吧！

1. 台中国家歌劇院は世界で最も建てるのが難しい建築物といわれています。都市の硬いイメージを打ち破る柔らかいデザインで、芸術と対話する空間が生み出されています。

台中國家歌劇院被建築業界稱為「全球最難蓋的房子」，用柔軟且打破都市僵硬形象的建築工法，創造一個讓藝術能與人對話的空間。

2. 東豊自転車緑廊は廃線となった鉄道の跡を整備した台湾で唯一の完全な自転車道です。レトロな魅力のあるこの道を自転車で風を切って走ると気持ちいいですよ。

東豐自行車綠廊由廢棄鐵道改建而成，是擁有懷舊魅力，台灣唯一的封閉型自行車專用道，可以在此享受騎自行車吹風的舒爽感。

3. 台湾で最も有名な媽祖廟の一つが大甲鎮瀾宮です。大甲鎮瀾宮では旧暦の三月になると一大宗教イベントの巡行が行われ、大勢の見物人で賑わいます。

全台最知名的媽祖廟之一，就是大甲鎮瀾宮。每年農曆三月都會吸引眾多遊客前往，參加宗教盛事「繞境出巡」。

4. 審計新村は古い宿舎エリアを整備したスポットで、若者の起業を促進する文化産業園区としてクリエイティブなお店が集まっています。

審計新村由老舊宿舍建築再規劃而成，如今是鼓勵青年族群創業的文化產業園區，充滿主題文創商店。

5. バーワン（肉圓）とは、サツマイモの粉で豚ひき肉とタケノコの餡を包んだものです。

所謂的肉圓，是用地瓜粉包裹豬絞肉和竹筍的內餡所製成的東西。

タイナン
台南

🎧 041_ 台南

台南は陽光が満ちあふれる西南海岸に位置しています。元々はシラヤ族の人々がここで生活していましたが、十七世紀の中頃よりオランダ人により統治されることになりました。オランダ人は貿易の中心地としてゼーランディア城を建造し、この場所で植民地となった台湾を統治し、それは明朝の忠臣「国姓爺・鄭成功」により台湾から一掃されるまで続きました。その後、清朝の統治の際には、台湾省の首都に制定されたこともありました。そして、二十世紀の初めになって日本人が台南に現代的なインフラを整備しました。現在、台南はもはや政治や経済の中心的な場所ではありませんが、この悠久の歴史を持つ都市は、確かに台湾島の「文化の都」と呼ぶにふさわしいでしょう。

台南の史跡の多くは、市の西側にあります。安平区では現在は安平城と呼ばれているゼーランディア城や億載金城を訪れることができます。また安平区の東側に位置する中西区には、オランダ植民地時代のプロヴァンティア城跡地に建築された赤嵌楼という建物もあります。

赤嵌楼そのものに台湾の歴史が表れています。小さな橋を渡ってアーチ型の門のところへ出ると、海神廟、文昌閣、蓬壺書院などがあり、様々な時代背景を持つ台湾の歴史の美を感じ取ることができます。赤嵌楼の文昌閣では、学問や試験を司る神様の魁星爺に試験がうまくいくようお祈りするといいでしょう。

台南には多くの廟宇も集まっています。市内とその周辺、合わせて約

三百以上もの廟宇があります。たくさんの貴重な廟宇が先ほどの赤嵌楼の近くにあり、城隍廟、台湾で一つ目の孔子廟、道教の天公廟や鄭成功を祀った延平郡王祠を見ることができます。旧暦の正月十五日に、台南の近くの塩水という小さな町で爆竹祭り・蜂炮節が行われます。昔、塩水では爆竹を放つことで伝染病を流行らせた悪霊を追い払うことができると考えられていました。伝染病はすぐになくなり、それからここ塩水地区では爆竹祭りを行ってこのことを祝うようになりました。この祭りの特色は爆竹やロケット花火を空に向けてではなく、人に向けて放つところです。どうしても参加するのなら、分厚い上着に手袋とヘルメットを身につけていないと、花火でけがをしてしまいますよ。

台南位在陽光充足的西南海岸。原本是西拉雅人在此生活，但十七世紀中葉時改由荷蘭人統治。荷蘭人建造了熱蘭遮城做為貿易中心，在那裡統治成為他們殖民地的台灣，政權一直持續到被明朝的忠臣「國姓爺・鄭成功」逐出台灣為止。之後，在清朝統治時，台南也曾被指定為台灣省的首府。而到了二十世紀初，日本人將現代基礎建設帶到台南。現在台南雖然已經不再是政治與經濟的中心地，但這座擁有悠久歷史的城市，的確可稱為台灣島的「文化首都」。

台南大部分的古蹟都位在城市的西半邊。在安平區，你可以造訪現在被稱為安平古堡的熱蘭遮城以及億載金城。而在安平區東邊的中西區，則有蓋在荷蘭殖民地時代的普羅民遮城遺址上的建築物—赤崁樓。

赤崁樓本身就展現出了一段台灣歷史，穿過小橋來到拱門另一端，可以參觀海神廟、文昌閣、蓬壺書院等景點，體會不同時代背景融合之下的台灣歷史之美。來到赤崁樓的文昌閣，可以向掌管學問、考試的「魁星爺」祈求，請祂保佑你考試順利！

台南也聚集了許多的廟宇，在台南市內和周遭共有三百座以上的廟宇。許多寶貴的廟宇就在前述的赤崁樓附近，可以參觀城隍廟、台灣第一座孔廟、道教的天公廟或奉祀鄭成功的延平郡王祠。農曆正月十五日，台南附近叫做鹽水的小城鎮會舉辦蜂炮節。從前在鹽水，人們覺得透過施放爆竹，就可以驅趕讓傳染病蔓延的惡靈。傳染病不久就結束了，在那之後在鹽水這個地區便開始舉辦蜂炮節來慶祝這件事。這個節慶的特色在於，爆竹和火箭砲不是朝著天空施放，而是對著人群施放這一點。不管如何都要參加的話，如果沒穿很厚的外套、戴手套和安全帽，就會因為煙火而受傷喔！

1. 林百貨は百貨店でもあり、史跡でもあります。開業当初はモダンなデパートとして知られていました。屋上にある神社も林百貨の特徴の一つです。

   林百貨同時是百貨和古蹟，對當時來說非常現代化，樓頂的神社是其最大特色之一。

2. 七股塩山はかつて台湾最大の塩田でした。現在では伝統とイノベーションを融合した形で台湾の製塩業の足跡を伝えています。

   七股鹽山曾經是台灣鹽業發展最興盛的地方，現在則結合傳統與創新，向現代人介紹台灣鹽業的發展過程。

3. 台南の朝ごはんを代表する牛肉スープはぜひ味わってみてください。特に味付けしなくても十分においしく、明け方から長蛇の列ができます。

   千萬別錯過台南特色早餐「牛肉湯」，不用多做調味就很鮮美，清晨就開始大排長龍。

4. 台南はサバヒーの故郷と言えます。お腹の部分が最も脂が乗っていておいしいですが、小さな骨にはご注意ください。

   台南可以說是虱目魚的故鄉，其魚肚是最肥美好吃的部分，但要多注意細小的魚刺。

5. 関子嶺温泉で台湾でも珍しい泥温泉に浸かるのもいいでしょう。普通の温泉と違ってお湯の色は灰色がかった黒です。

   可以到關子嶺溫泉，體會看看台灣少見的泥質溫泉，與一般溫泉不同，呈現特殊的灰黑色。

6. 奇美博物館は美しい西洋古典建築の外観をなし、主に西洋の芸術作品が所蔵されています。古都の雰囲気に包まれた台南の中では特別なスポットです。

   奇美博物館擁有美麗的西洋古典建築外觀，館藏以西方藝術為主，在古都氛圍中是個特別的去處。

高雄

ガオション

直轄市—高雄

歴史と見所

　　　台湾の西南海岸にある人口約三 百 万の高雄は、台湾で第二の大きな都市です。高雄は港町として知られており、台湾で第二の大きさの港と、世界で六番目の規模となるコンテナ港を所有しています。高雄の歴史を 遡 ると、清朝が咸豊時代に天津 条 約、北京 条約に調印した後、台湾は通 商 のための港を開港することを迫られたという時代まで戻ります。昔の名が「打狗」という高 雄 港もそのうちの一つで、イギリスが台湾との貿易を開拓するために打狗 領 事館を建設し、在台イギリス人のための商 務、会談等をする場となりました。二〇〇三年には高 雄 市文化局によって打狗 領 事館が再建され、また市の古跡にも指定され、優雅で美しい古 城 は再び華やかな姿を現しました。

　　　暖 かな陽の光に恵まれ、優しい性格の人々が住む都市高 雄 は、台北からでも高速鉄道で簡単に訪れることのできる絶好の行楽地です。夜の 帳 がおりたら、高 雄 市の六合夜市へ行ってみましょう。ここは台湾でも有名な観光夜市で、高 雄 駅から約 十 分ほどで着ける距離にあります。夜市はたくさんの人で賑わい、活気にあふれていて、様々なおいしいものがここに集 結しています。夜市で販売しているものは手頃な価格で、国内国外問わず観光 客は六合夜市の名を慕ってここに来ます。六合夜市で売っているものはスナック系が主で、たくさんののぼりが立ち並んでいるステーキ屋の風景は特別です。他には、地元の味である海鮮、エビの塩蒸し、カラスミ、海鮮粥、白身魚のスープ、スペアリブの薬味スープ、擔

高雄的歴史與看點是什麼呢？

仔麺、サワラのとろみスープなど、高雄市お勧めの名物で、どれも食べてみる価値がありますよ！

　港の北側にある猿山とも呼ばれる「寿山」には、高雄市が一望できる登山道や動物園、お寺があります。港から渡し船に乗って海鮮料理レストランで有名な旗津島へ行き、そこでサイクリングを楽しむこともできますよ。そして夜は、愛河からきれいな夜景を見るナイトクルーズに参加してみるのはどうでしょうか。もし、高雄市街から少し離れたところに行ってみたいなら、美濃民俗村では、唐傘の制作を見学したり、おいしい客家料理をいただいたりすることができます。美濃で客家文化を満喫する一日ツアーに参加するのもいいですよ。

　地處台灣西南海岸，人口約三百萬的高雄，在台灣是第二大城市。高雄以港都聞名，擁有台灣第二大港、世界排名第六規模的貨櫃港。回溯高雄歷史，在清朝咸豐年間天津條約與北京條約簽訂後，台灣被迫逐步開放通商口岸，舊名打狗的高雄港，也是其中之一，英國為了拓展對台灣貿易，設立打狗領事館，做為保僑、商務、談判等地方。二零零三年起，高雄市文化局重建打狗領事館，並公告為市立古蹟，讓這座優雅美麗的古城重現風華。

　高雄都市受惠於和煦的陽光，居住著個性溫和的市民，是個從台北也能搭乘高鐵輕易到訪的絕佳旅遊勝地。夜幕低垂之際，來到位在高雄市的六合夜市，這裡是台灣有名的觀光夜市，距離高雄火車站約十幾分鐘路程，入夜後車水馬龍，熱鬧非凡，各式各樣的美食都聚集在此，價格經濟實惠，國內外觀光客都慕名而來。六合夜市多以小吃為主，最特殊的景觀是招牌林立的牛排店，此外，具在地風味的海產，鹽蒸蝦、烏魚腱、海鮮粥、過魚湯、十全藥燉排骨、擔仔麵、土魠魚羹……都是高雄市的招牌特色，值得吃吃看喔！

　在位於港口北邊、也被稱作猴山的「壽山」，有可以一覽高雄市的登山步道、動物園及寺廟。從港口搭渡輪到以海鮮餐廳聞名的旗津島，在那裡也可以享受騎腳踏車的樂趣！接著晚上，參加看看從愛河看美麗夜景的夜航如何呢？如果想去稍微遠離高雄市區的地方，在美濃民俗村，可以參觀油紙傘的製作，享用美味的客家菜。在美濃參加盡情享受客家文化的一日遊行程也很不錯！

1. 「夢時代」（ドリームモール）は台湾で最大規模のショッピングモールで、中には映画館やスポーツジム、屋上には遊園地があります。

「夢時代」是全台規模最大的購物中心，裡面有電影院及健身房，頂樓有遊樂園。

2. 高雄MRTの美麗島駅のコンコースの天井には世界最大のガラスアートである「ザ・ドーム・オブ・ライト」が施されています。高雄で絶対に見逃してはならないパブリックアートと言えるでしょう。

高雄捷運美麗島站的大廳天花板，正是世界最大的玻璃鑲嵌藝術作品「光之穹頂」，是來到高雄絕對不能錯過的公共藝術鉅作。

3. 台湾初の媽祖廟である旗津天后宮は高雄にあります。媽祖は台湾では航海・漁業の守護神として信仰されており、この地にも海を渡ってきた先人の歴史が伝えられています。

台灣的第一座媽祖廟—旗津天后宮就坐落於高雄。媽祖是台灣信仰中保佑航海、漁業的守護神，此地也傳承了先民渡海的歷史軌跡。

4. 駁二芸術特区はもともと高雄港の倉庫街でした。今ではアートが集まる公共のスペースとなり、沢山の芸術家がクリエイティビティを発揮しています。

駁二藝術特區原本是高雄港的舊倉庫，後來轉型成為公共藝術聚集地，吸引了不少藝術家在此揮灑創意。

5. 澄清湖は高雄最大の湖で、「台湾の西湖」とも称されています。あたりの風景区ではキャンプやバードウォッチングをしたり、中国式の庭園や建物、湖畔の美しい景色を眺めたりすることができます。休日にぴったりの場所です。

澄清湖有台灣西湖的美名，是高雄最大的湖泊。週遭的風景區可以露營、賞鳥，欣賞中式庭園建築與湖畔美景，是假日的好去處。

キールン
基隆

🎧 045_ 基隆

歴史と見所

　台湾の北東部沿岸に位置する基隆は、台湾の第二の港町で、雨がよく降る気候のため「雨の港」と呼ばれています。この地ではもともと先住民族・原住民のケタガラン族が生活を営んでいましたが、基隆の港を奪おうとする多くの侵略者に攻め入られることとなりました。十七世紀にはスペイン人とオランダ人が、十八世紀には清から、十九世紀にはイギリス人とフランス人、そして最後に日本人が基隆とその港を占領しました。日本人は台湾で産出される原材料を日本へ運ぶために基隆港の大規模な建設を行い、結果として現代的な港へと発展を遂げることとなります。基隆は国際的な港で、台湾の国際貿易の促進と運輸業界の発展という重大な責任を負っています。隣は大台北地区であり、産業界に影響を与える経済のライフラインとなっています。

　基隆に来るなら、必ずお腹を空かせてから来てください。基隆の夜市は台湾でも特に有名で、いろいろな種類の台湾グルメを堪能できます。奠済宮の入り口とその周辺にある「廟口夜市」には兩百以上ものお店が軒を連ね、港町らしく海鮮料理がたくさん揃っています。夜市といっても、お店は昼間から開いていますからどうぞご心配なく。

　ご飯を食べ終わってお腹がいっぱいになったら、腹ごなしに近くの小高い山にある中正公園まで足を伸ばしてみませんか。そこから見渡す基隆市と港の景色を見ながらちょっと一休みしましょう。近くには実際に使わ

れていた砲台などもあり、基隆の歴史の一部を見ることができます。もし
もまだ時間があるようでしたら、野柳や北海岸、東北海岸などの大自然
が作り出した美しい景色を見に行くのもいいですよ。

　基隆の地域では歴史的な要因でたくさんの砲台がつくられ、大きいもの
から小さいものまで、合わせて十二の砲台があります。現在それらの砲
台は、観光スポットとなっています。砲台の中でも二沙湾砲台は台湾の第
一級の古跡で、古城の石門に「海門天険」という文字が刻まれていたこ
とからこの名前がつけられました。海門天険は中正公園、三沙湾、民族
英雄墓の近くに位置し、草が茂った小道に沿って階段を上ると、古めかし
い城門や石の歩道が見えてくるでしょう。しみじみとした情緒が感じら
れます。

　位於台灣東北部沿岸的基隆，是台灣第二大港都，天氣經常下雨所以有「雨港」之稱。原本由原住民的凱達格蘭族在此地營生，但被打算爭奪基隆港的入侵者攻陷。十七世紀的西班牙人和荷蘭人、十八世紀的清朝、十九世紀的英國人和法國人，接著最後日本人占領了基隆與該港口。日本人為了將台灣產的原物料運往日本，進行基隆港的大規模建設，結果發展成現代化港口。基隆港是國際大港，肩負著促進國際貿易交流以及發展航業的重責大任，鄰近大台北地區，牽動著產業的經濟命脈。

　來一趟基隆請一定要空腹，基隆夜市在台灣也特別有名，能享受許多種類的台灣美食。位於奠濟宮入口和其周邊的「廟口夜市」有兩百多家店相連，匯集了許多有海港特色的海鮮料理。雖稱作夜市，但店家從白天就開始營業，所以請別擔心。

　用完餐酒足飯飽後，為了助消化要不要順便到位在鄰近小山丘上的中正公園看看呢？從那裡邊瞭望基隆市與港口的景色，邊稍作休息吧！附近也有歷史上曾經使用過的砲台等，能看見一部分的基隆歷史。如果還有點時間，去看看野柳、北海岸或東北海岸等大自然所創造的美景也很棒喔！

　基隆地區因為歷史因素，建造了大大小小的砲台，總共有十二座，現今這些砲台已發展成觀光景點。其中二沙灣砲台是國家一級古蹟，因古堡石門上刻有「海門天險」而以此稱。海門天險位於中正公園、三沙灣及民族英雄墓附近，沿著蔥鬱的林間小徑拾階而上，即可看見古樸的城門與石板路，令人發思古之幽情。

1. 大武崙砲台の近くにある情人湖は、ピクニックやハイキングに人気の場所です。

位於大武崙砲台附近的情人湖，是備受歡迎的野餐和健行去處。

2. 基隆から西へ少し行くと、野柳地質公園があります。ここでは台湾で最もよく知られている自然形成した不思議な形の岩を見ることができます。

從基隆稍微往西邊走，就有野柳地質公園。這裡可以看到台灣最為聞名的大自然所形成的奇岩異石。

3. 富貴角のそばには「老梅石槽」という天然の岩でできた溝があり、春が訪れ藻が満ちると、まるで波が緑色になったように見えます。

富貴角附近有「老梅石槽」這樣的天然岩石所形成的槽溝，一到春天充滿綠藻後，看起來就像海浪變成綠色一樣。

4. 廟口夜市の屋台は、基隆付近でとれた新鮮な海産物を使った料理で有名です。

廟口夜市的攤販，以使用基隆附近捕捉到的新鮮海產而聞名。

5. とても不思議な名前のグルメ・鼎邊趖ですが、「鼎邊」とは大鍋の縁という意味があり、「趖」は米粉の生地をその大鍋に貼り付けて蒸し焼きにする動作を表しているそうです。

鼎邊趖這美食名稱相當奇特，「鼎邊」意指大鍋的邊緣，「趖」則表示將米糊貼附在大鍋內蒸煮的動作。

6. 虎仔山登山歩道にはハリウッドサインを真似た「KEELUNG」という英語の文字の看板があり、独特の景観として基隆のランドマークになっています。

虎仔山登山歩道上有串大大的英文字母「KEELUNG」看板，模仿好萊塢的設計，讓這裡成了基隆的新興地標，是獨特的景觀。

宜蘭県は台湾東北部の海と山に挟まれた場所に位置し、この地理的要因が、豊富な自然環境とゆったりとした生活様式を育んできました。森林、河川、温泉や冷泉、美しい海岸線、砂浜、海洋生物の鑑賞に至るまで、宜蘭県はアウトドアを楽しむのにとても適した場所です。そして、蘭陽平原の中央に位置する宜蘭市は台湾東北沿岸の交通の要となる場所となっています。高速道路用トンネルとしてはアジアで二番目の長さとなった雪山トンネルの完成後は、台北市から宜蘭までは車でわずか一時間で着くようになり、週末に家族でレジャーに宜蘭を訪れる人がますます多くなりました。

　もし台湾の伝統芸術文化に興味があるなら、国立伝統芸術センターや台湾シアターミュージアムはどうですか。また、海洋の守護神媽祖を祀った昭応宮や、武神関羽が祀られている協天宮など、歴史の深いお寺を訪ねてみるのもいいでしょう。夏にはたくさんのイベントがあり、中でも六月に開催される二龍河ドラゴンボートレースや、七月の宜蘭国際童玩芸術祭は多くの観光客にとても人気があります。夜は羅東夜市に餡入りタピオカ・包心粉圓やネギ焼き・葱餅、ヤギ肉のスープ・羊肉湯などの宜蘭名物を食べに行きませんか。夜市には他にもたくさんのお店があり、服や靴なども安く買うことができます。

　宜蘭の烏石港付近には、独特の外観をした博物館、「蘭陽博物館」があります。宜蘭文化の収蔵、研究、普及及び伝承のため、二〇一〇年

に開館しました。建築デザインは、波状の地形・ケスタの幾何学スタイルをモチーフに、屋根の傾斜角度は二十度、建物先端部の壁の傾斜は七十度で建てられ、地面から一棟の建物がぽっこりと出てきたように現地の平原の景観に溶け込み、今では宜蘭の一大名物となりました。

　宜蘭礁渓郷は温泉で有名なところで、礁渓温泉は弱酸性の炭酸水素ナトリウム温泉です。豊富なナトリウム、マグネシウム、カルシウムなどの化学成分などを含む、台湾でも珍しい平地にある温泉です。温泉水は透き通っていて嫌な匂いもありません。水温は約五十八度で、シャワーまたは温泉に入った後には肌がつるつるできめ細かくなっているのを実感することができるでしょう。礁渓を訪れた旅行客が必ず組みこまなければならないスケジュールの一つです。

　　宜蘭縣位於台灣東北部的山和海之間，這樣的地理位置因素孕育了豐富的自然環境以及悠閒的生活方式。從森林、河川、溫泉和冷泉，美麗的海岸線、沙灘，到觀賞海洋生物，宜蘭縣是很適合享受戶外活動的地方。而位於蘭陽平原中央的宜蘭市，是台灣東北沿岸的主要交通樞紐。在亞洲第二長的高速公路隧道—雪山隧道完工後，從台北開車到宜蘭變得僅需一小時，週末全家到宜蘭出遊的遊客也越來越多了。

　　對台灣的傳統藝術文化有興趣的話，去國立傳統藝術中心或台灣戲劇館看看如何呢？此外，造訪歷史悠久的寺廟，像是供奉海洋守護神媽祖的昭應宮，或是供奉武神關聖帝君的協天宮等等也不錯。宜蘭在夏季有許多的活動，其中在六月舉辦的二龍河龍舟賽、七月的宜蘭國際童玩節受到相當多觀光客歡迎。晚上要不要前往羅東夜市，嚐嚐如包心粉圓、蔥餅及羊肉湯等宜蘭小吃呢？夜市還有許多店家，可以買到平價的衣服和鞋子。

　　在宜蘭烏石港附近，有一座外型特殊的博物館「蘭陽博物館」，為了典藏、研究、推廣以及傳承宜蘭的在地文化，蘭陽博物館於二零一零年開館，建築設計以單面山的幾何造型，屋頂與地面夾角二十度，尖端牆面與地面成七十度，看起來像是從平地上長出了一棟建築物，融入當地平原景觀，成為地方的一大特色。宜蘭礁溪鄉以溫泉聞名，礁溪溫泉屬於弱酸性的碳酸氫鈉泉，富含鈉、鎂、鈣……等化學成分，是臺灣少見的平地溫泉。溫泉水質清澈沒有臭味，水溫約為攝氏五十八度，沐浴或是泡澡後，皮膚可以感受到光滑細緻，是旅客造訪礁溪必要體驗的行程之一。

1. 国立伝統芸術センターには、彫刻や織物、焼き物などの手工芸品が展示されていて、伝統音楽や踊り、演劇なども鑑賞できますよ。

在國立傳統藝術中心，展示著雕刻、編織及陶瓷製品等手工藝品，也可以欣賞傳統音樂、舞蹈和戲劇表演喔！

2. 宜蘭国際童玩芸術祭は親子で楽しみながら地元の伝統文化や世界各地の文化に触れることができる夏の一大イベントです。

宜蘭國際童玩藝術節是每年夏天的大盛事，結合在地文化傳承與親子同樂，展現包羅萬象的童玩文化。

3. 「ゴアヒ」という台湾オペラや人形劇に興味があれば、台湾シアターミュージアムへ行ってみたらいいですよ。

如果對台灣的歌劇「歌仔戲」和布袋戲有興趣的話，可以走訪一趟台灣戲劇館。

4. 礁渓は台湾で最も人気の温泉地で、温泉ホテルや浴場がたくさんあります。

礁溪是台灣最熱門的溫泉景點之一，週遭有不少溫泉飯店與湯屋選擇。

5. 亀山島は宜蘭県の東の海上に浮かぶ活火山の島で、島の形がカメに似ていることからそう呼ばれています。

龜山島是一座活火山，位於宜蘭海岸的東邊，因為外型像隻烏龜而得名。

6. 亀山島は観光客の上陸が許可されていますが、一日当たりの人数制限があり、事前申請が必要です。

可以登上龜山島觀光，但每天有人數上限，記得要先申請喔！

🎧049_新竹

歴史と見所

台湾の北西部に新竹があります。新竹市にある沖積平野はラッパのような形状をしていて、東北や南西から吹いてくる季節風の影響を受けて強風を生み出します。そのため新竹は「風の城」とも呼ばれていて、この気候があるため、ビーフンや干し柿を作るのに最も適した場所と言われています。新竹一帯はもともと平埔族の集落「竹塹社」でした。清の康熙の時代に漢民族がこの地に移住してきた後も原住民と平和に暮らし、この地名も引き続き使われてきました。これが新竹また「竹塹城」と呼ばれる由来です。新竹には「台湾のシリコンバレー」とも呼ばれる新竹サイエンスパークのほか、台湾で最も規模の大きい城隍廟や山々に囲まれた内湾風景区があります。風景区の中では駅舎や映画館、つり橋など、ノスタルジックな風景を見ることができます。

新竹の山間部では大量の油桐の木が植えられており、かつては山の斜面一帯に広がる油桐の木が新竹の重要な商品作物でした。油桐はペンキをつくるための重要な原料で、また油桐の木からは家具や下駄、爪楊枝、マッチ棒などを作ることができます。現在、新竹の経済活動は方向転換してしまいましたが、油桐の木は今も客家の人々を守っています。毎年四月末から五月中旬には油桐の花が満開になり、山林に美しい景色が添えられます。風に吹かれて落ちた油桐の花が歩道に散在し、その光景はまるで白い絨毯が敷き詰められているかのようです。この美

しい風景は「五月の雪」と呼ばれています。

　昔、伝統的な新竹の客家の村では、毎年年末が収穫の季節で、村の人々は伝統的な祭を催すことで神に感謝しました。その中で最も有名なのが花太鼓のパフォーマンスです。道化役に扮した役者を中心に、京劇などで着る花模様の服を着、花傘をさし、踊りながら歩いたり太鼓をたたいたりするパレードです。文化創意産業が発展してきている近年、新竹県は毎年「新竹県国際花太鼓芸術フェスティバル」を開催し、客家の伝統文化の伝承に力を入れています。

　お時間があれば、ぜひ近くの内湾老街に行ってみてください。そこの伝統的な建物のアーケードには独特な歴史的意義があります。また、古い街並みを散策しながら色んなグルメを味わい、のどかな午後の一時をすごすのもいいでしょう。

新竹位於台灣西北部。新竹市所處在的沖積平原就像喇叭的形狀，受到從東北或西南方向吹來的季風影響而產生強風，因此新竹也被稱作「風城」。聽說因為這樣的氣候，成為最適合製作米粉及柿餅的地方。新竹附近一帶原本是平埔族的聚落「竹塹社」。漢人在清朝康熙年間移民至此處，之後也與原住民和平相處，這個地名也就這樣被沿用了下來。這就是新竹又稱為「竹塹城」的由來。新竹除了有「台灣矽谷」之稱的新竹科學園區之外，還有全台灣規模最大的城隍廟，與群山環繞的內灣風景區。風景區內可以看到充滿著懷舊風情的火車站建築、戲院、吊橋等。

新竹山區栽種了大量的油桐樹。在過去，滿山遍野的油桐樹是新竹重要的經濟作物，桐油可以拿來當作油漆的原料，油桐木材可以製作家具、木屐、牙籤、火柴棒等。如今新竹地區主要的經濟活動已經轉型，油桐樹仍守候著客家鄉親，在每年的四月底到五月中旬，油桐花綻放，為山林裡增添了嬌美的景色，被吹落的油桐花散落在步道，彷彿鋪滿了白色的地毯，這幅美麗的景色也俗稱「五月雪」。

過去傳統的新竹客家庄在每年歲末豐收的季節，會以民間的傳統慶典活動來酬神，最有名的是花鼓表演，這是以丑角扮相為主，穿花衫、拿花傘、走花步、打花鼓的遊行活動，近年來文創產業蓬勃發展，新竹縣政府也每年舉辦「新竹縣國際花鼓藝術節活動」，讓客家傳統文化得以傳承。

如果有時間，也可以到附近的內灣老街逛逛，其傳統街屋的騎樓空間有獨特的歷史意義。不妨漫步在古街道間，享受各式各樣的美食與樸實的午後時光吧！

1. 新竹（シンジュー）は冬（ふゆ）に東北（とうほく）から冷（つめ）たく乾燥（かんそう）した強（つよ）い季節風（きせつふう）が吹（ふ）くことから、ビーフンの製造（せいぞう）に適（てき）していて、地元（じもと）の特産（とくさん）になっています。

新竹地區因強近的東北季風吹拂，乾冷的氣候環境十分適合製造米粉，也成為當地特產。

2. 新竹（シンジュー）の貢丸（ゴンワン）が有名（ゆうめい）なのは、多（おお）くの老舗（しにせ）が手作（てづく）りにこだわり、品質（ひんしつ）と味（あじ）わいが変（か）わらない中（なか）でも、新（あたら）しい味（あじ）が生（う）まれ続（つづ）けているからです。

新竹貢丸有許多老店舖始終講求手工製作，在不變的品質與口感中持續創新口味，是貢丸有名的原因。

3. 客家擂茶（ハッカれいちゃ）は客家人（ハッカじん）が客家（ハッカ）をもてなすために擂（す）るお茶（ちゃ）です。材料（ざいりょう）は茶葉（ちゃば）、ごま、ピーナッツなどで、台湾（たいわん）ならではの味（あじ）わいがあります。

客家擂茶是客家人招待貴賓用的研磨茶，原料有茶葉、芝麻、花生等，可以體會到獨特的台式茶藝。

4. ガラス工芸（こうげい）は新竹（シンジュー）で百年以上（ひゃくねんいじょう）続（つづ）いている産業（さんぎょう）です。ガラス工芸（こうげい）の博物館（はくぶつかん）があるほか、国際的（こくさいてき）なアートフェスティバルも開催（かいさい）されています。

玻璃工藝是新竹擁有百年歷史的產業，不只有博物館可以參觀，也會舉辦國際性的藝術節。

5. 五月（ごがつ）から八月（はちがつ）のシーズンの間（あいだ）は、たくさんの人（ひと）が北埔（ベイプー）の冷泉（れいせん）を訪（おとず）れます。

每年五月到八月，是冷泉的旺季，不少遊客會前往北埔泡冷泉。

6. スマングス（司馬庫斯）（スーマークースー）（ジェンスーきょう）は尖石郷にあるひとつの集落（しゅうらく）で、そこから歩（ある）いて二時間（にじかん）ほどの距離（きょり）の場所（ばしょ）で、巨大（きょだい）な神木（しんぼく）を目（め）にすることができます。

司馬庫斯是位於尖石鄉中的一個部落，從那裡步行約兩個小時遠的地方可以看到高大的神木。

🎧051_ 苗栗

歴史と見所

　苗栗県は新竹と台中の中間に位置し、東には雪山山脈があり、西は台湾海峡に面していて、田畑や果樹園、いくつもの小さな村から成り立っています。もともと平埔族の一部族・タオカス族の故郷であった苗栗は、十七世紀に入り多くの客家移民を受け入れることになりました。そして、今日に至るまで苗栗は客家文化の中心的な場所となっています。

　以前、苗栗に住む多くの人々は、職を求めて故郷をあとにし、急成長を遂げる都市部に移動していました。ですが今、都市部の生活から逃れるように苗栗を訪れ、のんびりとした田舎の生活を楽しみたいという人々が増えてきているようです。

　苗栗で最も有名なのは、美しい油桐の花でしょう。油桐の花は毎年四月から五月頃に開花します。昔は、日本人がこの種から桐油を採るために植えられていましたが、今では油桐の木は苗栗の山間の至る所で自生しています。油桐の木に花が咲く時、野山を覆い尽くす花は、まるで一面雪の世界のようです。毎年一度開かれる「客家油桐祭り」の期間は、非常に大勢の観光客が鑑賞に訪れ、伝統舞踊やおいしい客家料理の数々を楽しんでいます。他にも、古い洞窟、お寺などを見ることができる獅頭山や馬那邦山といった観光スポットもあり、果物狩りをしたりそこにある民宿に宿泊したりすることもできます。

　苗栗の三義郷は、台湾の木彫芸術で最も有名なところです。この

苗栗的歴史與看點是什麼呢？

地の住民のほとんどは木彫を仕事にしており、みんなが共同で三義地区の木彫文化をつくりあげています。日常用品だけではなく、装飾品、芸術品と、どれも収集家に愛好されており、国際的にもかなり高い評価を受けています。文化部は、地方の特色を発展させるため、一九九〇年に三義木彫展示館を建設しました。木彫文化への理解を更に深められ、芸術の美しさを体感することがでるでしょう。

　苗栗県で最も有名な特産の果物といえば、繊細でみずみずしいイチゴでしょう。土壌が肥えていて雨も多く、日夜の温度差も大きい大湖郷では、毎年冬の終わりから春の初めにかけてがイチゴの最盛期です。農場へ行ってイチゴを摘む、楽しいイチゴ狩りの体験をしてみましょう。近くには大湖イチゴ文化館もあり、いろいろなイチゴのスイーツをつくる体験もできます。親子で一緒に楽しむにはとっておきの体験です。

　　苗栗縣位於新竹與台中之間，東鄰雪山山脈，西面台灣海峽，由農田、果園和許多小村落構成。原為道卡斯族（平埔族的一支）家鄉的苗栗，進入十七世紀之後接受了大批客家移民。而時至今日，苗栗已經成為客家文化的中心地。以前許多苗栗人，為了謀職離鄉背井，移居到發展迅速的都會區。但現在，似乎越來越多的人如逃離都會區般地造訪苗栗，想要享受悠閒的鄉村生活。

　　苗栗最出名的或許就是美麗的油桐花了，油桐花在每年四、五月開花。從前，是日本人為了從桐花的種子榨取桐油而種植；如今，油桐樹在苗栗山間四處恣意生長。油桐樹開花時，覆蓋大地的花朵就彷彿白雪皚皚的世界一般。每年舉辦一次的客家桐花季期間，成千上萬的遊客來此賞花、享受傳統歌舞表演、品嘗美味的客家料理。其他景點包括有可以尋訪古老洞窟和佛寺的獅頭山及馬那邦山，可以在那裡摘水果，並在那裡的民宿留宿一晚。

　　苗栗的三義鄉是台灣木雕藝術最有名的地方，這裡的居民大多以木雕業為主，共同創造了三義地區的木雕文化，無論是日常用品、裝飾品、藝術品等等，都廣受收藏家的喜愛。在國際上也享有相當高的知名度。文化部為了要發展地方特色，在一九九零年創建了三義木雕藝術展示館，讓民眾更了解木雕文化、體驗藝術之美。

　　苗栗縣最有名的水果特產就屬嬌嫩欲滴的草莓了，大湖鄉因為土壤豐饒，雨量充足，日夜溫差大，在每年冬末春初之際是草莓的盛產季節，不妨到農場採草莓，體會採草莓的樂趣吧！附近還有大湖草莓文化館，可體驗各種草莓的創意點心，非常適合大人小孩一同同樂。

1. 一般的な白玉団子・湯圓は甘い味付けですが、客家風の湯圓には肉と塩味のスープを使います。

一般的湯圓常常做成甜的口味，但客家風味的湯圓會使用肉和鹹味高湯。

2. 擂茶は中国語で「すりつぶした茶葉」という意味があり、客家の伝統的な飲み物です。

擂茶的中文是「搗碎的茶葉」的意思，是客家的傳統飲品。

3. 茶葉をローストしたナッツ、雑穀類と一緒にすりつぶし、混ぜ合わせ調合したものに、熱湯やお茶を注いで、完成です。

在茶葉裡加入烤過的堅果、穀物一起搗碎，並在調配好的混合物裡加入熱水或茶，就完成了。

4. 苗栗の三湾郷にはアブラギリのほかに、ラクウショウの秘境もあり、秋の美しい景色を無料で鑑賞することができます。

除了油桐花，在苗栗三灣還有一處落羽松秘境，可以免費欣賞秋季美景。

5. 龍騰断橋は地震で崩壊した鉄道橋の遺構で、上から見ると衝撃的な光景です。

龍騰斷橋是因地震造成的古蹟遺址，是從高處看下去非常震撼的奇觀。

6. 親子に大人気のスポットといえばやはり、可愛い動物たちと触れ合える飛牛牧場です。

超人氣的親子景點非飛牛牧場莫屬，可以跟可愛的小動物親密接觸。

彰化県市は台湾の中部にあります。一八八五年に台湾省が設置されるまでは中部の行政の中心地でしたが、台湾省の設置後は、初代台湾巡撫の劉銘伝が省都を置いた台中が中部の行政・文化の中心地となりました。彰化市は台中市に隣接しており、台中都市圏の衛星都市でもあります。地形は八卦山台地エリアと北東、北西の平野部に分かれており、気候は他の県市と比べると夏は雨が多く、冬は北東の季節風が中央山脈に遮られ、湿度の低い乾燥した日が多いです。

彰化には清の康熙帝の時代に多くの開拓移民が到来しました。移民の主な上陸地点となったのは鹿港で、台湾は台南、鹿港、台北の万華の順に発展していったという言葉があるほどです。鹿港は当時、台湾の重要な商業港として栄え、泉州出身の多くの商人が住み着くようになりました。

彰化で一番の観光スポットは先程紹介した鹿港の街です。国定古跡の鹿港天后宮のほか、赤レンガの古い建物がきれいに残っている鹿港老街もあり、平日も休日も観光客で賑わっています。鹿港老街は曲がりくねった路地が特徴で、中でも角をくねくねと九回曲がる細い路地の九曲巷が最も有名です。また、一人しか通れない摸乳巷も狭い路地として有名です。彰化では鹿港老街だけでなく、彰化市内にある鉄道の扇形車庫も必ず訪れるべきスポットです。扇形車庫は県の古跡に指定され

ている蒸気機関車の格納庫で、機関車はターンテーブルに載って向きを換え、車庫へ入ります。上空から見ると、建物は扇を広げたような形に見えます。扇形車庫は機関車の旅館とも呼ばれており、無料で見学できますので、鉄道ファンは必見です。

　彰化の八卦山大仏風景区も仏教の聖地として有名です。中には健康歩道と環山歩道があり、地元の人が普段からハイキングに来ています。また、八卦山大仏風景区と彰化生活美学館の間にあり、蓮の花生態区や忠烈祠を経由する全長一キロメートルの天空歩道を歩くのも彰化市ならではの楽しみ方です。彰化はグルメの都でもあります。肉圓や控肉飯、鹿港糕餅などが彰化の名物で、どのお店も独自の味わいがありますが、一部の有名なお店の中には、店が開く朝の六時、七時から行列のできるところもありますよ。

　彰化縣市位於台灣中部地區，一八八五年台灣建省前，彰化一直是中部的主要行政中心，直到建省後，台灣首任巡撫劉銘傳將省城建於台中，中部的行政文化中心才逐步移至台中。彰化市緊鄰台中市，也屬於台中都會區的衛星都市。彰化的地形分為八卦山臺地區與東北、西北部的平原區，氣候跟其他縣市比較起來夏季雨多，冬季因為中央山脈阻擋了東北季風，水氣較少偏乾。

　清朝康熙皇帝時期，大批的移民進入彰化開墾，由鹿港上岸，使其成為當時重要的登陸岸口，「一府二鹿三艋岬」的鹿就是指鹿港。鹿港在當時就是台灣重要的商港，吸引許多泉州的商人在此經商、定居。

　彰化的觀光地第一名就屬剛剛提到的鹿港小鎮，除了有國定古蹟鹿港天后宮，還有古色古香的鹿港老街，紅磚老宅保存得相當好，不論平假日遊客都相當多。曲折蜿蜒的小巷是鹿港老街的特色之一，其中以九曲巷交叉迂迴的小巷最為知名，限一人通過的摸乳巷也是鹿港知名的窄巷。除了老街巡禮外，彰化市區內的鐵道扇型車庫也是必訪景點，屬於縣立古蹟。由移動轉盤移動火車頭，由高空俯瞰就是個扇形火車倉庫，又有火車頭旅館的稱號，還是免費參觀的景點，鐵道迷必訪！

　還有八卦山大佛風景區，是彰化知名的佛教聖地，園區內有健康步道以及環山步道，都是在地居民平日會來踏青運動的景點。從八卦山大佛區到生活美學館還設置了一公里的天空步道，沿途可經過蓮花生態區、忠烈祠等，也是另外一種觀光彰化市的方式。彰化也是美食之都，像是肉圓、控肉飯、鹿港糕餅都是彰化名物，有些知名店家一大早六、七點就開始營業，還不到營業時間就開始排隊，每一家都有自家獨特的口味唷！

1. 台湾の名物グルメの肉圓といえば彰化です。彰化ではもちもちとした肉圓や皮がサクサクの肉圓、ホタテ入りの肉圓などが味わえます。

台灣知名小吃肉圓最具代表性的城市就是彰化，Q彈、脆皮、甚至還有包干貝的肉圓在彰化都吃得到。

2. 彰化は花の栽培が盛んです。田尾ハイウェイ・ガーデンでは花の性質に合わせて夜通し明かりが灯されており、まるで不夜城のようです。

彰化也是台灣花卉種植的重要城市，田尾公路花園為了配合花卉的日照性，連夜晚都是燈火點通宵，就像個不夜城似的。

3. 控肉飯は醤油ベースのスープで味と香りがしみ込むまで煮込んだ豚バラ肉を、ちょうどいい炊き加減のご飯と一緒に食べる料理で、シンプルながらとてもおいしいです。誰にも一番お気に入りの控肉飯のお店があります。

控肉飯就是滷到鹹香入味的五花肉，搭配煮的剛好的白米飯一起吃，簡單又美味，每個人都有心中的第一名店家！

4. 八卦山大仏風景区には、カップルで訪れたら別れるといった伝説がたくさんあります。

八卦山大佛風景區有許多傳說，據說戀人造訪此地會分手！

5. 彰化という名前は、清朝の雍正帝から贈られた「学を建て、師を立つるに、彰を以て雅と化す」という言葉を省略したものです。

彰化的名稱由來是雍正皇帝賜名，「建學立師，以彰雅化」，簡稱彰化。

6. 彰化県の人口は百万人以上で、台湾の県で最も多いです。

彰化縣人口突破百萬人，是台灣人口排名第一位的縣級城市，為台灣第一大縣。

歴史と見所　台湾の中央部に位置する南投県は、台湾で二番目に大きな県であり唯一海に面していない県です。南投の中心部には中央山脈がそびえ立ち、合歓山と東北アジア最高峰の玉山を含め多くの山々が連なっています。

　県内には台湾で最大かつ最も美しい湖、日月潭があります。そこは台湾で最も長い川、濁水渓の水源地です。また「お茶の県」としても有名な南投は、茶葉の生産地として重要な場所の一つで、気候が涼しく霧が多いことが烏龍茶の栽培に適しており、世界でも有数の品質の茶葉を生産しています。

　南投県の美しい山々ときれいな空気が、自然を愛する多くの人々を引き寄せています。もし登山やハイキングがお好みでしたら、玉山国家公園には三千メートルを超える高い山やいくつもの観光ルートがありますよ。中でも合歓山は特に観光客に人気があります。冬は雪、夏は花を鑑賞しに多くの人がこの山を訪れます。ですが、やはりエメラルドグリーンの湖水とリゾートホテルを有する日月潭こそが、今台湾で最も人気のある観光地でしょう。

　日月潭より十キロほど離れたところにある埔里は、美しい山々に囲まれた小さな町で、長きにわたり多くの芸術家や物作りに携わる人々にインスピレーションを与えてきました。ほかにも南投には清境農場という台湾で最も有名な観光農場や、竹と檜が生い茂る山中のリゾート地、渓

南投的歴史與看點是什麼呢？

頭があります。

奥萬大は南投県の国家森林遊楽区内にあり、そこは萬大発電所のための水源地として利用されています。奥萬大は水資源が豊富で、公園内には台湾電力会社によって水力発電のために人工的に作られた溜め池があります。そのため、ここは台湾で最も早く作られた貯蓄型発電所の雛形としてとても有名です。「台湾のカエデの里」とも呼ばれる奥萬大は、台湾の中でも最も人気のあるカエデの観賞スポットです。特にカエデが紅葉する時期には、多くの観光客で賑わいます。奥萬大では有名なカエデ以外にも、春にはピンクの桜の花、夏の夜には飛び交うホタルの淡い光、秋は満天の星空と満月、そして冬はヌマスギ・落羽松の息を飲む美しさに感動を覚えることでしょう。

位於台灣正中央的南投縣，是台灣第二大縣，也是唯一沒靠海的縣。南投境內中央山脈聳立，包括合歡山和東北亞最高峰玉山等多數山巒綿延。

縣內有台灣最大且最美的湖—日月潭。那裡是台灣最長的河川—濁水溪的源頭。另外，以「茶縣」聞名的南投，是茶葉重要產地之一，氣候涼爽且多霧這點適合栽培烏龍茶，出產的茶葉品質也是全世界首屈一指的。

南投縣的美麗山景和清新空氣吸引不少喜好大自然的人們。喜愛登山或健行的話，玉山國家公園有超過三千公尺的高山和數條旅遊路線喔！其中，合歡山也特別受觀光客歡迎。很多人都會來此冬季賞雪、夏季賞花。不過，有著碧綠湖水和度假飯店的日月潭才是現今台灣人氣最旺的觀光景點吧！

位於距日月潭約十公里遠的埔里，是個被山巒圍繞的小鎮，長久以來都帶給許多藝術家或從事創作的人們靈感。其他景點還有，位於南投的清境農場這個全台灣最著名的觀光農場，以及竹林和檜木繁茂的山中度假勝地溪頭。

奧萬大位於南投縣國家森林遊樂區園區內，那裡被利用來當作萬大發電廠的水源地。奧萬大水資源豐富，園內有一座人工調整池，是由台電公司為了水力發電所建造的。因此，這裡以全台灣最早被建造的抽蓄發電廠之雛型而聞名。也被稱為「台灣楓葉故鄉」的奧萬大，是全台灣最受歡迎的賞楓勝地。特別在楓紅時節，遊客絡繹不絕。除了著名的楓葉之外，春天有粉紅色的櫻花；夏夜有交錯飛舞的螢火蟲微光；秋天有滿天的星空與滿月；然後在冬天還會因美到令人屏息的落羽松而深受感動吧。

1. 埔里の広興紙寮では、伝統製紙技術を学ぶことができ、手すき紙の制作体験もできます。

在埔里的廣興紙寮，可以學到傳統的造紙技巧，也可以體驗手工紙製作。

2. 渓頭には樹齢二千八百年の巨大な檜があり、遊歩道も設置され、バードウォッチングに最適の場所です。

溪頭有棵樹齡兩千八百年的巨大檜木，並設置了步行道，是個相當適合賞鳥的地方。

3. 渓頭の近くにある妖怪村は、伝統木造建築とかわいらしい妖怪の彫り物がある日本風の観光スポットです。

溪頭附近的妖怪村，是有著傳統木造建築和可愛妖怪雕像的日式觀光景點。

4. 九族文化村へは日月潭ロープウェイで行けます。空から山や海を一望できますし、そよ風も心地よいですよ。

搭乘日月潭纜車可以抵達九族文化村，可以從高空俯瞰山水美景，享受微風吹拂的舒適感。

5. 九族文化村は台湾の原住民のテーマパークとして有名で、親子で楽しく原住民の文化について学ぶのにぴったりな場所です。

九族文化村是個以台灣原住民為主題打造的知名遊樂園，適合親子在玩樂過程中認識在地原住民文化。

6. 集集駅は日本統治時代に開業した駅です。ヒノキ造りの日本式木造駅舎は当時のままに復元され、レトロな雰囲気を漂わせています。

集集火車站保有檜木建造的日式外觀，是日治時期留下的懷舊活古蹟。

歴史と見所

　雲林は台湾最大の農業生産地で、農業の首都と呼ばれています。亜熱帯気候に属し、嘉南平野に位置することから、地形はなだらかで、西側が台湾海峡に面しています。主要産業は農業、漁業、牧畜業ですが、県内には六軽と呼ばれる台湾最大の第六ナフサ分解プラントがあります。六軽の生産額は雲林のGDP全体の九割以上を占めます。オランダ統治時代の雲林はオランダ東インド会社の海防上の要塞地帯でした。雲林は台湾に来た漢族の移民が最初に開拓した地域でもあります。雲林は斗六、虎尾、麦寮、北港の四つの生活圏に分かれています。なお、雲林は台湾で唯一、六直轄市のいずれとも隣接しない県でもあります。

　雲林は各地に特産物があります。主な生産物はお米ですが、西螺の瑞春醬油、斗六のブンタン、北港のゴマ油、古坑のコーヒー、虎尾のニンニクとピーナッツなども有名で、雲林はまさに台湾の食料庫です。雲林の観光産業についていえば、雲林はタオル工場や醬油工場、ケーキ工場など観光工場が特に多いです。観光工場では自分で作ったりする体験もできますので、親子で休日に訪れる場所としてとても人気がありますよ。雲林の景勝地といえば、やはり国の第二級古跡に指定されている北港朝天宮です。北港朝天宮は台湾に三百以上ある媽祖廟の総本山で、年に二度開催される、媽祖をお迎えする巡行は国の重要民俗行事に指定されています。

雲林的歴史與看點是什麼呢？

雲林の古坑は北回帰線上に位置することから、日照量も降水量も多く、台湾でも数少ないコーヒーの栽培地となっています。古坑では日本統治時代にコーヒーの栽培が始まりました。独特の香りがあり、味は濃厚ですが苦くはありません。古坑のコーヒーは日本統治時代に天皇に献上されたことから、御用コーヒーとも呼ばれていました。また、古坑は「台湾コーヒーの故郷」としても知られており、台湾のコーヒーといえばまず古坑を想起する人が多いです。また、古坑は華山の山腹に位置することから、景観の良いカフェやレストランがたくさんあり、古坑のある華山エリアは夜景スポットとしても有名です。足湯サービスを提供しているカフェも多く、コーヒーを飲みつつ足湯をしながら夜景を味わえば、最も特別な夜を楽しめますよ。

雲林是台灣的農業大縣，有農業首都之稱。氣候為副熱帶型氣候，地處嘉南平原上，地形平坦，西邊就是台灣海峽。縣內以農、漁、畜牧業為主，還有全台最大的石化工業區第六套輕油裂解廠，簡稱六輕，六輕的石化工業產值就佔了雲林全縣 GDP 九成之多。在荷蘭佔領統治時期，雲林是荷蘭東印度公司的海防要塞，也是臺灣最早的漢族移民拓墾地區。在生活圈的劃分上，大致分為斗六、虎尾、麥寮、北港。比較特別的是，雲林縣也是台灣唯一一個沒有跟六都直轄市相鄰的縣喔！

雲林各鄉鎮都有自己的特色農產品，除了產米是大宗外，像是知名的西螺瑞春醬油、斗六文旦、北港香油、古坑咖啡及柳丁、虎尾的大蒜與花生，雲林根本就是台灣的糧倉！說到觀光產業，雲林的觀光工廠也特別多，毛巾工廠、醬油工廠、蛋糕工廠，行程中都會有製作體驗，都是假日親子出遊時很喜歡參訪的景點唷！而說到名勝古蹟，就不能不提國家二級古蹟北港朝天宮，是台灣三百多座媽祖廟的總廟，每年有兩次北港朝天宮迎媽祖，也就是遶境出巡，也訂定為國家重要民俗活動。

雲林古坑由於位於北迴歸線上，日照雨水充沛，是台灣少數可以種植咖啡的地區。古坑的咖啡是日治時引進種植的，味道香濃不苦澀，有獨特的香氣，古坑咖啡在日治時期還曾當成供品獻給日本天皇，因此也有御用咖啡的稱號。古坑也有「台灣咖啡的原鄉」的稱呼，講到台灣咖啡，第一個想到的就是雲林古坑，由於位於華山半山腰上，景觀咖啡廳、餐廳林立，古坑所屬的華山區也是知名的賞夜景地點。除了喝咖啡，還有不少咖啡廳提供泡腳服務，邊喝咖啡邊泡腳看夜景，是古坑最特別的夜生活喔！

1. 虎尾は台湾の布袋劇の故郷です。雲林布袋劇ミュージアムも雲林で必ず訪れるべきスポットです。

虎尾是台灣布袋戲的故鄉，雲林布袋戲館也是來到雲林一定要參觀的景點。

2. 台湾で最も刺激的なジェットコースターは雲林の剣湖山ワールドテーマパークにあります。

台灣最刺激的雲霄飛車就在雲林的劍湖山世界主題樂園。

3. 瑞春醤油の観光工場では、独特な黒豆アイスが食べられます。

瑞春醬油觀光工廠裡，還吃的到獨特的黑豆冰淇淋。

4. 北港では朝天宮を参拝してから地元グルメのアヒル肉ご飯やアヒル肉麺を食べていく観光客が多いです。

北港的鴨肉飯、鴨肉麵線，是不少觀光客到朝天宮參拜完後的必吃美食。

5. 北港の定番朝ごはんといえば、生卵と半熟卵と肉そぼろを加えた麺線糊です。

麵線糊加顆蛋再倒入麵線糊，半熟蛋加上肉燥，就是北港最經典的早餐。

6. 雲林の西螺産のお米と米製品はとてもおいしいと有名です。お米を使った定番グルメといえば、米粉を溶いて蒸したものを何層にも重ねて特製のタレをかけた九層粿です。

雲林西螺產米，米食製品也是出名的美味，層層推疊再加上獨門醬料的九層粿就是最經典的米食美食！

ジャーイー
嘉義

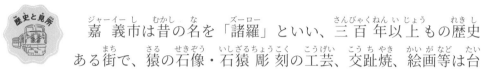

🎧 059_ 嘉義

　　嘉義市は昔の名を「諸羅」といい、三百年以上もの歴史ある街で、猿の石像・石猿彫刻の工芸、交趾焼、絵画等は台湾全国でもその名が知れ渡っています。石猿の彫刻師たちは台湾ザルを題材にして、精巧に今にも動き出しそうな石猿の彫刻をつくりあげていきます。このようにしてこの地に「嘉義の石猿」という文化的特色が生れました。

　　交趾焼は嘉義のもう一つの芸術的特色です。交趾焼は華やかな色彩で、鮮やかかつ上品であり、「宝石の釉」という美名もあるほどです。交趾焼は、人や獣類が多くモチーフにされており、精巧で複雑な作業を要します。その中でも「獅子の巻き毛」は交趾焼を最も代表する成形技術で、陶芸家たちは、陶土の特質と釉薬の色彩とを絶妙に結合させ、黄金比でつくりあげる螺旋の立体は非常に繊細で巧妙です。交趾焼のベストチョイスといえるでしょう。

　　嘉義県の東北部にマウンテンリゾート阿里山があります。ここはもともとツォウ族の居住地で、日本統治時代に貴重なタイワンヒノキを伐採するために、鉄道を建設しました。当時の線路の一部分は今でも観光用に利用されています。阿里山からの日の出を見るのに最も適しているのは祝山です、阿里山駅から森林鉄道に乗って訪れることができます。阿里山国家風景区内には八つのツォウ族の村があるので、そこを訪れて原住民の伝統文化や工芸品に触れることができ、原住民文化を体験すること

のできるすばらしいスポットでもあります。

阿里山は標高が高く涼しい気候のため、一年を通して多くの観光客が訪れます。嘉義市から阿里山森林鉄道に乗って阿里山へ向かう途中、三つの異なる気候のエリアを通り過ぎます。熱帯から高山地までの景色の変化を楽しむことができるのはここだけの体験です。阿里山に到着すると、多くの人は日が昇る前に起きるため早々と休みます。なぜなら、ここでは最も有名な景色「雲海」の中から昇る美しい日の出を見ることができるからです。阿里山は巨大なタイワンヒノキや美しく咲く桜でも有名ですし、神木駅近くの遊歩道から数十本もの大きなタイワンヒノキを目にすることができ、そのなかのいくつかは樹齢二千年を超えています。

嘉義市舊名為「諸羅」，是一座建城三百多年的城市，以石猴雕刻工藝、交趾陶、繪畫等，聞名全台。石猴雕刻藝師們以台灣彌猴為題材，精心雕刻活靈活現的石猴，造就當地「嘉義石猴」的文化特色。

交趾陶也是嘉義的另一項藝術特色，顏色亮麗，清新脫俗，因此有「寶石釉」的美譽。交趾陶塑形的題材內容，以人物、獸類居多，做工精細繁複，其中又以「獅捲毛」最能代表交趾陶的捏塑技藝，藝師們的巧手，融合陶土特質與釉色運用，黃金比例的螺旋立體造型，做工細緻繁複，是交趾陶的上上之選。

嘉義縣東北部有個高山度假勝地阿里山。這裡原為鄒族居住的地方，日據時代為了伐珍貴的台灣檜木而建造了鐵路。當時路線的一部分至今仍被使用在觀光上。最適合觀賞阿里山日出的地點是祝山，可從阿里山火車站搭乘森林鐵路造訪。阿里山國家風景區內有八個鄒族村落，所以造訪此地可以接觸原住民傳統文化和手工藝品，也是個能體驗原住民文化的絕佳地點。

阿里山的海拔高且氣候涼爽，一年四季都有大批遊客造訪。從嘉義市搭乘阿里山森林鐵路往阿里山的途中，會經過三個不同的氣候區。能欣賞從熱帶到高山的景緻變化是這裡獨一無二的體驗。抵達阿里山後，多數人為了在破曉之前起床而早早就寢。因為，這裡可以欣賞到最出名的景色，也就是從雲海中升起的美麗日出。阿里山以巨大的台灣檜木和美麗盛開的櫻花馳名，從神木車站附近的步行道上，可以看到多達數十棵的巨大台灣檜木，其中有些樹齡已超過兩千年。

1. 奮起湖鉄路弁当は木製の容器に豚バラの煮込みや煮卵といった台湾のお弁当の定番のおかずが入っています。

   奮起湖的鐵路便當中放了滷肉、滷蛋等台式便當的經典菜色，以木盒盛裝。

2. お弁当には花蓮や台東産のお米を使用したご飯と、阿里山で作られた新鮮な野菜、そして大豆製品の煮物の豆棗や紅豆枝が入っていることが多いです。

   便當中常使用花東產的稻米，還有不少阿里山自產的新鮮蔬菜，再配上加工醬菜「豆棗」或「紅豆枝」。

3. 嘉義はかつて樟脳の一大産地でした。今でも樟脳寮駅という駅が残っており、当時の盛況ぶりに思いを馳せることができます。

   嘉義曾是出產樟腦的重要城鎮，如今留下了樟腦寮車站，讓遊客回味當年盛況。

4. 東石漁港の近くのレストランでおいしい新鮮な海鮮料理を味わうのもいいですし、海を眺めながら漁人埠頭を散策するのもいいでしょう。

   東石漁港附近的餐廳，可以吃到味美又新鮮的海產，也能到漁人碼頭望著海景散步。

5. 東石のカキは特に大きいです。カキ入りのオムレツのほかにも、生ガキやカキスープも味わってみてください。

   東石的蚵仔特別大顆，除了蚵仔煎以外，也可以嘗試生吃或是蚵仔湯。

6. マジョリカタイルは台湾の古い建物には欠かせないものです。台湾マジョリカタイル博物館には一万枚以上のマジョリカタイルがあり、台湾の大切な歴史が保存されています。

   花磚是台灣老屋不可或缺的一部份。台灣花磚博物館內有上萬片花磚，保留了屬於台灣的重要歲月。

🎧 061_ 屏東

屏東は台湾最南端の県で、南西部で最も縦長の県でもあります。平野、高山、半島、湾の四種類の地形があり、豊かな自然に恵まれています。熱帯モンスーン気候に属し、年間の気温差は小さいです。冬は中央山脈の大武山によって北東の季節風が遮られるため、冷え込むことはなく、年間を通じて日差しに恵まれます。ただ、バシー海峡に面しているため、夏は各県市の中で最も台風が上陸しやすく、毎年、台風により農業、漁業に大きな被害が出ています。

屏東の産業は農業と漁業が中心で、愛文マンゴー、林辺の黒金剛レンブ、九如のレモン、万丹のアズキ、帰来のゴボウなどが有名です。屏東という地名が登場したのは日本統治時代です。県内の大武山は中央山脈南部の最高峰で、ルカイ族とパイワン族の聖地でもあります。屏東の最南端は台湾初の国家公園である墾丁国家公園がある恒春半島です。沿岸の海水は透き通って美しく、近海にある世界的に有名なサンゴ礁域も恒春半島の生態系の重要な一部を構成しています。屏東は観光資源に恵まれており、小琉球ではスキューバダイビングを体験できます。水中ではアオウミガメが並んで泳いでくれることが多いですが、保護対象の海洋野生動物に指定されていますので触れてはいけませんよ。

屏東で最も有名なグルメは万巒の豚足と東港の黒マグロで、万巒には豚足通りもあります。また、東港では五月から七月のシーズンに黒マグロ祭りが開催され、コンサートで盛り上がったり、様々な黒マグロ料理を

味わったりすることができます。黒マグロの刺身はもちろん、蜂の巣のような見た目が目を引くエビの天ぷらの蜂巣蝦もぜひ食べてみてください。黒マグロ祭りには海鮮レストランやお土産屋さんがたくさん参加し、割引やおかずやデザートのサービスといったキャンペーンが行われますので、東港にお越しの際はぜひ新鮮で脂の乗った黒マグロを味わってみてください。また、屏東には台湾最大の水族館である国立海洋生物博物館があります。同水族館には施設の中で宿泊できる人気のプランがあり、水槽の前の床に布団を敷いて魚たちの昼間とは違う様子を観察することができますよ。なお、同プランに参加するには事前の予約が必要です。

屏東位於台灣最南端，也是台灣西南部最狹長的縣市，全縣市有平原、高山、半島、海灣四種地形，自然生態相當豐富。氣候地處熱帶季風地區，全年度溫差不大，冬天由於有中央山脈大武山的屏蔽，阻擋了東北季風的吹拂，所以也不太冷，是一年四季都充滿陽光的縣市。不過因緊鄰巴士海峽，夏天時是颱風最容易侵襲登陸的縣市，每年都因颱風造成不少農漁業災損。

屏東的產業以農漁業為主，知名的愛文芒果、林邊的黑金剛蓮霧、九如的檸檬、萬丹的紅豆、歸來的牛蒡，產地通通都是屏東。屏東的地名最早是出現在日治時期，屏東縣內的大武山是中央山脈的最高峰，還是魯凱族與排灣族的聖山。最南端的恆春半島地處墾丁國家公園內，墾丁國家公園也是台灣第一個國家公園。沿海海水乾淨清澈，近海是世界級的珊瑚礁海域，也是恆春半島海洋生態中最重要的部分。屏東的觀光資源豐富，除了墾丁國家公園外，還有小琉球潛水，時不時可以看到保育級野生動物綠蠵龜相伴在側，但是要注意不能觸碰唷！

屏東最知名的美食就是萬巒豬腳與東港黑鮪魚了吧，在萬巒甚至還有豬腳一條街！東港黑鮪魚季每年大約在五月到七月舉行，除了有熱鬧的音樂會，還能大啖各種黑鮪魚料理，除了黑鮪魚生魚片一定要點之外，還有外表超吸睛的功夫菜蜂巢蝦。許多海鮮餐廳、伴手禮店都會加入黑鮪魚季活動，推出各種優惠，不論是折扣還是送小菜、點心，來到東港都一定要嚐嚐看新鮮肥美的黑鮪魚！除此之外，全台最大的水族館就是屏東國立海洋生物博物館，夜宿海生館的活動非常熱門，需要事先報名，直接打地鋪睡在水族缸下，海洋生物在白天夜晚都有不同的生態活動唷！

1. 大武山は台湾の南部で唯一、標高が三千メートルを超える山です。

   大武山是台灣南部唯一超過三千公尺的山峰。

2. 万丹のあずきは全国的に有名で、万丹のアズキを使用とアピールしているスイーツのお店は多いです。

   萬丹紅豆全台知名，很多店家做甜點都會特別強調選用萬丹紅豆。

3. 国立海洋生物博物館の宿泊プランは事前予約が必要です。運が良ければシロイルカが眠りに付き添ってくれる特別な体験ができます。夏休みと冬休みのシーズンが特に人気です。

   海生館的夜宿活動一定要事先報名，運氣好的話還有小白鯨伴眠，非常特別，寒暑假時特別熱門。

4. 万巒の豚足と他の地域の豚足との違いは、豚の前足のみを使用し、筋を残している点で、冷めてもおいしいです。

   萬巒豬腳的起源是由於前總統蔣經國來萬巒視察，品嚐了當地豬腳後，從此打響知名度。

5. 屏東県枋山郷の愛文マンゴーは台湾で最も早い時期に収穫されるマンゴーで、甘くて香りも良く、夏の人気フルーツです。

   屏東枋山的愛文芒果是全台最早收成的產區，甜度破表香氣十足，也是夏季大家最愛的水果之一。

6. 屏東では温泉に浸かることもできますよ。四重渓温泉は炭酸温泉で、お湯に二酸化炭素が溶け込んでおり、ソーダ温泉とも呼ばれています。

   屏東也可以泡溫泉唷！四重溪溫泉是碳酸泉，還有二氧化碳的成分，又有人稱為氣泡湯。

🎧063_ 花蓮

太平洋と中央山脈の中間にあり、台湾東海岸に位置する花蓮は美しい自然で有名な場所です。一五九〇年にポルトガル人の水夫がここを通り過ぎる際、ここの景色のあまりの美しさに感動し「フォルモサの島（麗しい島）」という名前を台湾につけました。花蓮の最も高い名声を誇る観光スポットといえば、太魯閣國家公園でしょう。高い山と渓谷が地形の特色で、例えば、清水断崖、燕子口、長春祠、九曲洞、七星潭など、非常に名高い、いくつかの観光スポットがあります。清水断崖は清水山の東側に位置し、その中でも清水山の東南大断崖が最も高く険しい場所で、海に面する絶壁は五キロメートルにも達し、その景色は壮大の一言につきます。またここでは、太平洋の美しい景色を眺めることができます。七星潭は花蓮市北部の浜辺にあり、山と海岸の織り成す息をのむ美しさの絶景を見ることができます。

天気のいい日は蘇花公路を走る観光バスがお薦めです。蘇花公路は台湾で最も美しい道路の一つと言われており、山に囲まれたきれいな青い海など、東海岸ならではの絶景が見られますし、途中で清水断崖も通ります。

花蓮の港を出発すれば、海で鯨と遊ぶ体験もできます。港を出ると、花蓮山が遠望できる景色はとても美しく、海の上から大海と親しむことができるという、めったにできない貴重な体験をすることができます。毎年春の季節は、大型鯨が花東の海域を通り過ぎる季節で、マッコウク

花蓮的歷史與看點是什麼呢？

ジラやオキゴンドウなど大型の鯨の姿を見ることができます。もし運がよければ、イルカの群れにも遭えるでしょう。イルカも船の両側から飛び跳ねて、船客と一緒に楽しみます。とても特別な海のアクティビティです。もしちょっとした冒険を体験したいのなら、秀姑巒渓のラフティングや鳳林レジャーパークでパラグライダーに挑戦してみることができますよ。台湾東部で最も距離の長い秀姑巒渓のラフティングは、刺激と美しい景色を一度に楽しめるおすすめのスポーツです。一九一七年にある日本人が始めた瑞穂温泉は、台湾で唯一の弱アルカリ性の炭酸泉です。冒険を終えたら、瑞穂温泉につかり、疲れた体を十分に休ませてリラックスした気分で一日を終わらせることができます。

　　花蓮坐落於太平洋與中央山脈間，位於台灣東海岸，是個以大自然之美聞名的地方。當葡萄牙水手於一五九零年經過此地時，對這裡的絕美景致讚嘆不已，於是給了台灣「福爾摩沙之島（秀麗的島嶼）」這個名字。

　　花蓮最負盛名的旅遊景點就是太魯閣國家公園，以高山和峽谷為主要地形特色景觀，有幾個頗具知名度的觀光景點，例如清水斷崖、燕子口、長春祠、九曲洞、七星潭⋯⋯等。清水斷崖位於清水山東側，其中以清水山東南大斷崖最為險峻，絕壁臨海面長達五公里，非常壯觀。在這裡還可以欣賞太平洋美景。七星潭位於花蓮市北部的近海地方，可以欣賞到山脈與海岸交織而成令人屏息的絕佳美景。

　　晴天時可以搭乘遊覽車，行駛於台灣最美公路之一的蘇花公路，多看看沿途的東海岸美景。湛藍的大海被周遭的山景圍繞著，在此途中便會經過清水斷崖。

　　從花蓮港出發，還能出海體驗賞鯨樂趣！出了港口，遙望的花蓮山景美不勝收，而在海上與大海拉近距離，更是難能可貴的享受！每年的春分季節，正是大型鯨通過花東外海的時期，也能看到抹香鯨，偽虎鯨⋯⋯等大型鯨魚。幸運的話，還能遇到海豚群在船隻旁跳躍，與民眾同樂，是非常特別的海上活動。如果想要冒點險，可以挑戰看看秀姑巒溪的泛舟，或鳳林遊憩園區的飛行傘喔！在東台灣最長的秀姑巒溪泛舟，能同時享受刺激與美景，是個值得推薦的活動。一九一七年某位日本人所開設的瑞穗溫泉，是全台灣唯一的弱鹼性碳酸泉。冒險完後，泡瑞穗溫泉讓疲勞的身體充分休息，便能以放鬆的心情為一天畫下休止符。

1. 太魯閣国家公園は壮大な大理石の峡谷で有名です。高山地帯にある古生物の遺跡を見に行くのもいいでしょう。

太魯閣國家公園以大理石峽谷的自然奇觀聞名，也可以去看看高山地帶的古生物遺跡。

2. 燕子口はタロコ峡谷の大理石の岩壁にある壺のような形をした洞穴のことです。そこでツバメが巣を作っていることから燕子口と名付けられました。

燕子口是太魯閣峽谷其中一段大理石峭壁，是個呈現壺形的洞穴，因為常有小燕子在此覓食、築巢而命名。

3. 花蓮の代表的なお土産は手作り餅です。一口サイズで持ち運びしやすく、贈り物として一番人気です。

花蓮代表性的伴手禮就是手工麻糬，一口大小方便攜帶，是送禮的首選。

4. バターシュガースティックの奶油酥條はパンの切れ端を焼いて作ったもので、甘さとサクサクの食感が大人気のお土産です。

奶油酥條以吐司邊烘焙而成，甜與酥脆交織的口感，也是超人氣的伴手禮。

5. 扁食はワンタンや水餃子に似た食べ物で、刻みネギと一緒にあっさりとしたスープに入れて食べる花蓮の代表的なグルメの一つです。

扁食是一種與餛飩、水餃相似的食物，會加入清湯跟蔥花食用，也是花蓮的代表美食之一。

6. 花東縦谷国家風景区にはぜひ一度足を運んでみてください。文化的なイベントなどを体験できますし、田んぼやお花畑、茶畑といった田園風景も見られます。

一定要走訪一趟花東縱谷國家風景區，體驗各種人文活動與稻田、花田、茶園等田園美景。

歴史と見所

台東はその名の通り台湾の東部にある県で、南北にかけての海岸線の長さは百七十六キロメートルにおよび、台湾の海に面している県の中で海岸線が最も長い県です。熱帯気候に属する台東は、海と山に囲まれています。山脈によって隔てられた地形のため、比較的遅く開発が始まりました。そのため、今でも豊富な美しい自然や原住民の貴重な文化が残されています。台東県内にはプユマ族やブノン族など合わせて六部族の原住民が生活していて、県内の人口の三分の一以上が原住民です。

「水は高い所から低い所へ向かって流れる」とは誰もが知っている常識ですが、台東のある用水路の水は「高い所」へ向かって流れます。この「水が逆流する不思議なスポット」は台東の東河郷にあります。そこは、まわりの風景の傾斜が水面より高い位置にあるため、人の目の錯覚により水が逆流しているかのように見えるそうです。この重力に反する不思議な光景は、自分で実際にその場に行かないと体験できませんよ。台東の裏庭園とも呼ばれる「台東森林公園」は、都会の喧騒を忘れさせてくれる静かな場所です。広大な敷地面積の台東森林公園には合わせて三つの湖があります。そのうちのひとつは琵琶湖といって、楽器の「琵琶」に似ていることから名付けられたそうです。

二〇一一年から始まった台東県主催の鹿野高台において行われる国際熱気球カーニバル。毎年夏の早朝から夕方まで、様々な彩り華やか

な熱気球（ねっききゅう）が空（そら）に浮（う）かんでいるのを見（み）ることができます。多（おお）くの人（ひと）の楽（たの）しみを載（の）せ、またたくさんの観光客（かんこうきゃく）を呼（よ）んでくれる熱気球（ねっききゅう）が見（み）られる台東（タイドン）は、今（いま）では台湾観光（たいわんかんこう）のホットスポットとなっています。台東（タイドン）のもう一（ひと）つのにぎやかなイベント、それは豊年祭（ほうねんさい）です。台東（タイドン）には様々（さまざま）な異（こと）なる先住（せんじゅう）民族（みんぞく）がいるため、アミ族（ぞく）の豊年祭（ほうねんさい）、ブヌン族（ぞく）の打耳祭（だじさい）、ルカイ族（ぞく）の狩猟（しゅりょう）祭（さい）、パイワン族（ぞく）の収穫祭（しゅうかくさい）、プユマ族（ぞく）の大猟祭（たいりょうさい）など、各部落（かくぶらく）でそれぞれ特徴（とくちょう）のある豊年祭（ほうねんさい）が行（おこな）われます。その中（なか）でもアミ族（ぞく）の豊年祭（ほうねんさい）が最（もっと）も規模（きぼ）が大（おお）きく、粟（あわ）の豊作（ほうさく）を祝（いわ）ったり、先祖（せんぞ）の霊（れい）をまつったりする一方（いっぽう）で、成人（せいじん）になった男性（だんせい）を祝福（しゅくふく）する祭（まつ）りでもあります。また、台東県（タイドンけん）は夏（なつ）のイベントとして、文化体験（ぶんかたいけん）やサマーキャンプなども企画（きかく）しています。一度体験（いちどたいけん）してみる価値（かち）はありますよ！

台東就如其名，是位在台灣東部的縣，橫跨南北的海岸線長達一百七十六公里，是全台面海縣市中海岸線最長的縣。屬於熱帶氣候的台東，被山海環繞。因地形受山脈阻隔故開發較晚，至今仍保留了豐富的自然美景，以及寶貴的原住民文化。台東縣內共有卑南、布農等六族的原住民在此生活，縣內的人口有三分之一以上都是原住民。

「水往低處流」是大家都知道的常識，但台東有一條溝渠的水是往「高處」流的。這個「水往上流的奇觀」位在台東的東河鄉。聽說那裡因為周圍景物的傾斜度位置比水面高，所以造成人的視覺錯覺，讓水看起來往上流。這個反地心引力的奇特景觀，不親自到現場是體驗不到的喔！也有台東後花園之稱的「台東森林公園」，是一個可以讓人忘卻城市喧鬧的靜謐之地。佔地廣大的台東森林公園內共有三個湖泊。其中之一叫作琵琶湖，聽說是因為形似樂器的「琵琶」而因此得名。

從二零一一年開始，台東縣政府在鹿野高台舉辦國際熱氣球嘉年華。在每年夏天的早晨與傍晚，可以看見繽紛華麗的熱氣球在天空飛翔，熱氣球承載了許多人的歡樂，也帶來了觀光人潮，這裡已成為臺灣觀光旅遊的熱門景點。台東的另一個熱門活動是豐年祭，因台東有不同族群的原住民，各部落都有各具特色的豐年祭，有阿美族豐年祭、布農族打耳祭、魯凱族狩獵祭、排灣族收獲祭、卑南族大獵祭……等。其中以族群最大的阿美族豐年祭最具規模，族人一方面慶祝小米豐收，祭祀祖靈，一方面也祝賀男子成年。台東縣政府也在規劃夏天祭典活動的文化體驗、夏令營等行程，值得體會一番。

1. 台東は台湾で最も多くの史跡がある場所で、国立台湾史前文化博物館には、三千年以上前の人々が使用した陶器などが保存されています。

台東是保有全台灣最多史跡的地方。國立台灣史前文化博物館內，保存了三千多年前人類所使用的陶器等。

2. 台東には、巨大な岩が三つ並ぶ「三仙台」、野山に美しく咲く「忘れ草」などの有名な見所もあります。

台東有三塊巨大岩石並列的「三仙台」，與遍野綻放的「忘憂草」等值得一看的知名景點。

3. 原住民の集落を訪れるツアーに参加すると、族長の家の見学や原住民料理の実習体験をすることができ、原住民文化の理解を深めることもできます。

參加原住民部落參訪行程的話，可以參觀頭目家、實際體驗製作原住民料理，也能深入了解原住民文化。

4. 台東鉄道芸術村は以前の台東駅舎をそのまま使っているので、昔の鉄道の雰囲気を味わうことができます。

台東鐵道藝術村沿用了以前的台東火車站建築，因此可以體驗早期火車站的氣氛。

5. 省道十一号線は台湾で最も美しい海岸線と言われています。息を呑む美しさの絶景をお見逃しなく。

聽說台十一線是全台灣最美海岸線。絕不容錯過令人屏息的絕美景緻。

6. 主に乳牛が飼育されている初鹿牧場は、新鮮な牛乳を飲んだりしながら自然を体感できる、学びとレジャーを両立させた場所です。

初鹿牧場主要飼養乳牛，兼顧農業生態與遊憩、學習層面，可以在喝到美味鮮乳的同時學習與大自然相處。

リューダウ
緑島

歴史と見所

緑島は台東の東、約三十三キロメートルの太平洋上にあり、台湾で四番目に大きな島です。主要な道路は島を一周している環状道路で、バイクであればわずか一時間でひと回りすることができます。台湾人は緑島と聞くと、有名な監獄を思い浮かべる人が多いでしょう。緑島の監獄は地理的な要因もあり、昔は重犯罪者や政治犯として捕らえられた人などが収容されていたため「悪魔の島」と呼ばれていました。ですが、現在では監獄として機能しているのは一カ所だけで、その他の二カ所は観光客向けの観光スポットとして開放されています。緑の山々、青い海と白く美しい砂浜、そして見終わることのない絶景。それらがかつての島のイメージを覆し、緑島は観光リゾート地として、またマリンスポーツの絶好の場所として変化を遂げました。

「朝日温泉」は環状道路の南東部にあります。温泉が東側に面していて日の出を観賞できるため、この名が付けられました。ここの温泉は海水で、硫黄の臭いもなく無色透明です。そして円形の露天風呂ごとに違った温度が設定されています。恋人や家族、友だちと温泉に浸かり、リラックスしながら美しい日の出を見るのは、なんと贅沢な自然を満喫する方法なのでしょう。その他に、忘れてはいけないのが「ダイビング」です。緑島は海底火山が噴火して形成された火山島です。周囲の海水はとても澄んでいて、海岸の周辺ではたくさんの珊瑚礁や様々な熱帯魚を見ることができますよ。

緑島的歷史與看點是什麼呢？

緑島の空港を出て、湾岸道路を時計回りに沿って歩いて行くと、いくつかの有名スポットを通り過ぎます。まず、緑島灯台、次いで緑島人権記念公園、緑州山荘、そして最後に到着するのが火焼山です。小さい島の中には深い歴史の趣が秘められ、さらには素晴らしい海の景色も見ることができます。緑島灯台は緑島の西北端、中寮村にあり、一九三九年に建てられました。塔の高さは三十三点三メートルで、白くてまっすぐに伸びた筒状の外観をした建築物です。緑島の安全を静かに見守ってくれており、漁船や飛行機の道しるべとなっています。また、太平洋の深い歴史的意義を有している灯りでもあります。緑島にはアジアで初めてつくられた人権記念碑もあります。台湾で民主、自由、人権を追い求めた過程において尽力した人々のシンボルとして建てられ、「涙の碑」という名で呼ばれています。

綠島位於台東東方約三十三公里的太平洋上，是全台灣第四大島。主要道路為環繞島嶼的環狀公路，騎機車只要一小時就可以環島一周。台灣人一聽到綠島，應該很多人會聯想到有名的監獄吧。綠島監獄由於地理上因素，過去也是個關重刑犯及政治犯的地方，因此被稱為「惡魔島」。但是現在只剩一處作為獄所，其他兩處已經開放為以遊客為取向的觀光景點。翠綠的山巒、湛藍的海水、細白的美麗沙灘，以及美不勝收的風景，這些都顛覆過去小島給人的印象，綠島搖身一變成為觀光勝地和水上活動的最佳地點。

朝日溫泉位於環島公路的東南方，溫泉面東可以觀賞日出，故依此命名。這裡的溫泉是海水，沒有硫磺的臭味，且無色透明，而且每個圓形露天浴池都設有不同溫度。和情人或家人、朋友泡溫泉，一邊放鬆的同時，一邊觀賞美麗日出，是多麼奢華的大自然享受啊。另外，可別忘了「潛水」！綠島是由海底火山噴發而成的火山島，周圍的海水非常清澈，在海岸旁可以觀賞為數眾多的珊瑚礁和各式各樣的熱帶魚。

從綠島機場出來，沿著環島公路順時針走，可以經過幾個有名的景點，首先會先來到綠島燈塔，接著是綠島人權紀念公園、綠洲山莊，最後來到火燒山，小小一座島嶼蘊含了歷史的韻味，還有豐富的海洋景觀。綠島燈塔興建於一九三九年，位於綠島西北岬中寮村內。塔高三十三點三公尺，外觀看起來是一個白色直筒狀的建築，安靜地守護著綠島的安全，指引著漁船、飛機的方向，同時也是太平洋上深具歷史意義的一盞明燈。綠島有一座亞洲第一座人權紀念碑，象徵著台灣在追求民主、自由、人權過程中的努力，又稱為「垂淚碑」。

1. 台東（タイドン）から 緑島（リューダウ）までは船（ふね）で四（よん）十（じゅっ）分（ぷん）から五（ご）十（じゅっ）分（ぷん）ぐらいかかります。船酔（ふなよ）いしや

   すい人（ひと）は、あらかじめ酔（よ）い止（ど）め薬（くすり）を飲（の）んでおいたほうがいいですよ。

   從台東到綠島搭船大概要四十到五十分鐘。容易暈船的人最好事先服用暈船藥喔。

2. 世界（せかい）で三（みっ）カ所（しょ）にしかない海水（かいすい）温泉（おんせん）のうちの一（いっ）カ所（しょ）が、ここ「朝（ジャ）日（ウリー）温泉（おんせん）」です。

   全世界只有三個地方有海水溫泉，其中之一就是這個朝日溫泉。

3. 梅花鹿（メイホァルー）生（せい）態（たい）公園（こうえん）では、ハナジカ・タイワンジカに餌（えさ）を食（た）べさせることができ

   ます。

   在梅花鹿生態園區可以餵食梅花鹿。

4. 緑島（リューダオ）へは台東空港（タイドンくうこう）から小型飛行機（こがたひこうき）で約（やく）十五分（じゅうごふん）で行（い）けます。

   前往綠島旅遊，也可以搭乘小型飛機，大約需要十五分鐘左右。

5. 柚子湖（ゆずこ）周（しゅう）辺（へん）ではサンゴ裾（きょ）礁（しょう）や海（かい）蝕（しょく）洞（どう）といった自然（しぜん）景観（けいかん）のほか、サンゴ岩（いわ）

   で作（つく）られた昔（むかし）の民家（みんか）を目（め）にすることができます。

   來到柚子湖可以看到珊瑚裙礁、海蝕洞等地質景觀，也能看見以前留下的咾咕石民宅。

6. 緑島（リューダオ）でのキャンプもお薦（すす）めです。キャンプ場（じょう）は設備（せつび）が充（じゅう）実（じつ）していますし、

   果（は）てしない海（うみ）の景色（けしき）をのんびりと眺（なが）めることもできます。

   也可以體驗在綠島露營，營區內設備新穎，可以悠閒眺望無邊的海景。

澎湖 ^{ポンフー}

🎧 069_ 澎湖

歴史と見所

　台湾本島から西へ五十キロメートルの場所に澎湖諸島があります。約九十の島々からなる澎湖諸島は、澄んだ青い海と無限に広がる青い空に囲まれたとてものどかな場所です。訪れたことのある人の中には、家屋や風景が「沖縄」に似ていると感じる人もいるようです。そして、その位置する緯度がハワイ島とほぼ同じことから「台湾のハワイ」とも呼ばれています。澎湖の伝統的な産業は漁業です。その漁の方法は独特で、石滬漁と呼ばれています。切り出した石やサンゴなどを積み重ねて石垣の仕掛け・石滬を作り、引き潮になったときに、そこに残った魚を獲るという方法の漁です。ひとつの石滬が完成するまでおよそ十年以上もかかることがあったそうです。石滬には様々な形があり、まるで一筆書きしたかのような滑らかなラインが青い海に映えてとても美しいです。現在ではほとんど漁に使われていませんが、見るだけでも楽しめるスポットです。

　澎湖島から付近の離島へはたいてい高速艇で移動します。島に着いたら美しい景色を堪能しながらシュノーケリングや他のマリンスポーツを存分に楽しみましょう。未経験でも大丈夫です。現地のインストラクターにレッスンをしてもらいましょう。海で一日中遊んでいると、空と海岸線がオレンジ色に染まり始め、時間を教えてくれます。太陽が沈んだ後は、澎湖の満天の星を見ながらゆったりとした時間を家族や友だちと過ごすのもいいでしょう。

澎湖の海上花火フェスティバルは、澎湖県の最も代表的な観光イベントです。ことの始まりは、二〇〇二年に澎湖で起こった航空機墜落事故により澎湖の観光産業が低迷したことで、澎湖県は観光振興のため、旧暦の七夕に「色とりどりの風情 in 菊島」というイベントを行い、空高く打ち上げられた花火は澎湖の夜空を明るく照らしました。その後、花火フェスティバルは澎湖の毎年夏の重要なイベントとなったのです。

澎湖海上花火フェスティバルでは、観音亭園地区から花火が打ち上げられます。ここは四方が海で囲まれているため見通しがよく、またロマンチックな西瀛虹橋がよい演出をしてくれます。近い距離から花火が鑑賞でき、夜空に花火が描く美を体感することができます。

從台灣本島往西約五十公里處為澎湖群島。由約九十多個島組成的澎湖群島，被清澈湛藍的海與無限寬闊的藍天包圍，是個寧靜之地。造訪過的人中，似乎也有人覺得房屋與風景和「沖繩」相似。而且，其處在的緯度與夏威夷島幾乎相同，所以也被稱作「台灣夏威夷」。澎湖的傳統產業為漁業。其捕魚方式獨特，稱為石滬捕魚。這是一種補魚方式，將採集出的石材和珊瑚堆砌製成石牆的結構（石滬），退潮時捕捉留在石滬內的魚。據説完成一個石滬，有的需花約十年以上的時間。石滬有各式各樣的形狀，猶如一筆繪成般的平滑線條，映照在蔚藍的海面上，相當漂亮。雖然現在幾乎不用來捕魚，但是個僅觀賞也能享受的景點。

從澎湖本島到附近離島大多以快艇移動。抵達小島就一邊欣賞美景，一邊盡情享受浮潛或其他海上運動吧！沒有經驗也無妨，需當地的教練指導一下吧！在海邊玩一整天，天空與海岸線便漸漸染成一片橘色，告訴我們時間。太陽落下後，看著澎湖滿天的星星，一邊和家人朋友度過悠閒的時光也不錯吧！

澎湖海上花火節，是澎湖縣最具代表性的大型觀光活動，緣起於二零零二年發生澎湖空難，造成澎湖觀光業蕭條，澎湖縣政府為了提振觀光，在農曆七夕情人節舉辦「千萬風情在菊島」活動，施放高空煙火秀，煙火點亮了澎湖的夜空，也讓花火節成了澎湖海灣每年夏天的重頭戲。澎湖海上花火節在觀音亭園區施放煙火，因位置四周環海，視野遼闊，加上有浪漫的西瀛虹橋相襯，可以近距離的觀賞煙火，體會煙火劃過夜空的美。

1. 七美島には、まるで二つのハートが重なったかのような有名な石滬があります。

七美島上，有宛如兩顆心相接而聞名的石滬。

2. 澎湖にある古い民家の壁や塀は、サンゴを積み上げて作られています。

澎湖古宅的牆壁或圍牆（咾咕石牆），是堆砌珊瑚而成的。

3. あたり一面に咲く黄色い花はサボテンの花で、一年 中 花を咲かせています。

附近遍地盛開的黃花是仙人掌的花，一整年都開著。

4. 島での交通 手段は主にスクーターです。環 境 保護のため電動スクーターがたくさん用意されています。

島上主要的交通方式為摩托車。為了環境保護，備有許多電動摩托車。

5. 澎 湖 島内では新鮮な海産物をふんだんに使った海鮮 料 理を食べることができます。

澎湖島內可吃到大量使用新鮮海產的海鮮料理。

6. 澎湖ならではのサボテンアイスはぜひ一度食べてみてください。サボテンの果 汁 と水と砂糖だけで作られていますので、くどさはなく、口の中に果物の香りが広がります。

一定要吃吃看仙人掌冰，原料只有果汁、水、糖，所以入口不黏膩，會立刻化成滿嘴果香，是當地特色美食。

ランユー
蘭嶼

歴史と見所

　　四方を珊瑚礁に囲まれた島、蘭嶼は、まるで太平洋に残された宝の島のようです。蘭嶼には「トビウオのふるさと」という呼び名があり、住民は春から夏にかけてトビウオ漁に海へ出ます。その伝統的な生活スタイルや行事がトビウオ文化を守り続けています。島には六つの集落があり、それぞれ違った歴史、文化や神話伝承を持っています。その中でも「タオ族」は台湾原住民中、唯一の海洋民族として知られています。

　　蘭嶼は特殊な地形をしているので、ぜひレンタサイクルかオートバイを借りて島を一周してみてください。島を囲むように立っている面白い形の岩の数々を目にすることができます。他にも、蘭嶼の伝統家屋はとても特徴的な建て方をしています。島のガイドの人と一緒に見てまわることができますよ。ですが注意してほしいのは、タオ族は今でも伝統的な信仰や生活スタイルを続けているということです。島の人々はとても良い人たちばかりですが、郷に入っては郷に従えという言葉を忘れずに、現地の生活を尊重し、自然を大切にするなら、よりすばらしい異文化体験の機会になることでしょう。

　　蘭嶼に住んでいるタオ族にとって、四方が海に囲まれていることから、日常生活に船とトビウオは切っても切れない関係です。船はタオ族の人たちにとって重要な道具であり、新しい船が進水する前には、海での安全や豊漁を祈願して「船祭」が行われます。贈り物の芋や豚が準備され、

蘭嶼的歴史與看點是什麼呢？

招待した賓客から祝辞が述べられた後、殺され毛が処理された豚の肉が贈られます。最後に行われる進水の儀式がこのイベントのクライマックスで、船長が行う魔よけの儀式では、タオ族の人々は船を持ち上げて海の方へ向け、今後の安全と豊漁を祈ります。

　地元の人はトビウオは天からの授かりものだと思っており、トビウオ漁や料理には決められた儀式があります。毎年二月にはタオ族の人々はトビウオ祭を開催し、六月から七月まではトビウオの数が少なくなってくるため、トビウオを捕ることをやめます。漁をやめることになる当日には今年捕れた大きい魚の尾を串にさして干します。これはトビウオの季節はもう過ぎたということを意味し、乾いたトビウオは冬に備えての食糧となります。

　　四周被珊瑚礁包圍的蘭嶼島，宛如一座遺留在太平洋上的寶島。蘭嶼素有「飛魚的故鄉」之稱，居民在春夏季節出海捕飛魚，其傳統生活方式與儀式持續守護著飛魚文化。島上有六個部落，各自擁有不同的歷史、文化及神話傳說。其中的「達悟族」以台灣原住民中唯一的海洋民族而聞名。

　　蘭嶼因地形特殊，請一定要租借腳踏車或機車環島一圈看看，可以欣賞宛如包圍著島嶼、佇立在四周的各種奇形怪岩。此外，蘭嶼的傳統家屋採用相當特別的建造方式，可以跟著島上的導覽人員一同巡禮一番喔。但請留意的是，達悟族至今仍維持著傳統信仰和生活方式這點。島上的人們都非常友善，但請記得入境隨俗這句話，只要尊重當地生活、珍惜大自然的話，就能成為更棒的異文化體驗機會！

　　居住在蘭嶼的達悟族人，因所處環境四面環海，日常生活與船、飛魚密不可分。船是達悟族人重要的生活工具，因此在新船下水之前，族人為了祈求出海平安，漁獲豐收，會舉辦「船祭」。籌辦禮芋、圈檻養豬、邀請賓客、賓客道賀、殺牲除毛、分贈禮肉，最後的下水儀式是活動的最高潮，由船長帶領趨靈儀式，族人們簇擁著船，將船抬向大海，祈求未來平安與豐收。

　　當地人認為飛魚是上天的恩賜，飛魚捕撈、料理都有規定的儀式。每年的二月，達悟族人會舉辦飛魚祭，六到七月飛魚數量逐漸減少，達悟族人會在停止捕魚的當天，將今年捕獲的大魚尾巴穿串掛著，象徵飛魚季節已經過去，並將飛魚曬乾以備冬糧。

1. 野銀冷泉の風景は多くの人を虜にします。ここでは冷泉につかりながら、水に映る青空と雲を見ることができます。

野銀冷泉的景色擄獲許多人的心，在這裡可以一邊泡冷泉，一邊欣賞映在水面上的藍天白雲。

2. 島にある最も有名な「軍艦岩」は、形が二隻の軍艦に似ていたため、第二次世界大戦のときにアメリカ空軍により日本の軍艦だと思われ誤爆されたことがあるそうです。

島上最著名的「軍艦岩」因為外型酷似兩艘軍艦，據說在第二次世界大戰時，曾被美國空軍誤認為日本艦艇而遭誤炸。

3. 防波堤から海に飛び込む活動を行うと、澄んだ海水の中では珊瑚礁や熱帯魚を観賞することができ、きっと蘭嶼のことが忘れられなくなることでしょう。

進行跳港活動，從防波堤跳入海水後，可以在清澈的海水中觀賞珊瑚礁以及熱帶魚，一定會令人忘不了蘭嶼吧！

4. タオ族はトビウオのシーズンが終わると、新しいチヌリクランを作ります。チヌリクランは木の板を組み合わせて作る漁船で、船首と船尾が大きく反り上がっているのが特徴です。

達悟族每年飛魚季過後會開始造新的拼板舟，由木板組合而成，是兩端向上翹的造型。

5. チヌリクランを作る時は鉄釘は使わず、側面には丸い目玉模様が描かれます。

拼板舟的製造過程完全不用鐵釘，上頭有象徵船的眼睛的圓形圖騰。

6. 蘭嶼一の日の出スポットは情人洞です。情人洞は独特な景観の海蝕洞で、美しくも悲しい伝説が伝えられています。

蘭嶼欣賞日出的最佳景點就是情人洞，天然海蝕洞的獨特景觀背後有著淒美的傳說故事。

ジンメン
金門

🎧 073_ 金門

台湾本土から西方へおよそ二百七十キロの場所にある島、それが金門です。激戦地だったことでよく知られる金門では、軍事設備として使用していた坑道やトーチカなどを現在では観光資源として利用し、訪れる人が過去の戦争の爪痕を間近に見ることができます。その中でも古寧頭戦史館の外観はまるで本物の古城のようで、門の前には勇士の彫像と実際に使用された戦車が配置され、戦時中の様子を知ることができます。ほかにも、金門の守護神と呼ばれる獅子の石像の「風獅爺」が各集落にあり、口を開いて笑っていたり、えくぼがあったりと様々な表情を見せています。島の地図を忘れずに持って行って、「風獅爺」を見付けた場所に目印を付けておきましょう。

一昔前の金門での生活は、決して容易なものではありませんでした。そのため当時の多くの若者は次々と東南アジアや日本へ出稼ぎに行き、三度もの移民ブームが起こりました。その後外国で成功を収めた華僑が故郷を想い金門へ戻り、東南アジア文化と閩南文化・福建文化の混在した外国風の建物を建てるようになりました。例えば、建築物には中国文化で「幸福」の意味を持つコウモリが飾られ、東南アジアのゾウや西洋の天使、英文のことわざなども装飾に使われました。

金門には「高粱酒、貢糖、包丁」の三つの宝があります。その中でも金門の高粱酒は香り高く濃厚で、「酒の王」という美名まであります。また、金門の地でたくさんとれるピーナッツと麦芽糖から作られる貢

糖は、繊細な口当たりと、サクサクの食感がおいしい、最も人気のあるお土産の一つです。もう一つの特産である金門の包丁は、砲弾や榴散弾を原料にして作っているということで、堅くて丈夫な金門の包丁は観光客からも深く愛されています。

　台湾人が旧暦の七月に行う中元の行事が金門にもあります。ただし、儀式はもっと盛大で厳かです。金門の風習は、毎年旧暦の七月に全ての家で「普渡燈」と呼ばれる灯りをともし、中元の儀式を行います。「普渡燈」は、真っ暗な夜に、この世を彷徨っている人々に道を示してあげるために灯すという、慈悲深い灯りなのです。また、この灯りのともった景色は、旧暦の七月に金門で見られる特別な景観でもあります。

　　一座位在台灣本島西邊約兩百七十公里遠的島嶼，那就是金門。曾以激烈戰地聞名的金門，現今已將昔日使用的坑道、碉堡等軍事設備作為觀光資源利用，造訪的人可近距離一窺過去戰爭時的痕跡。其中特別的是，古寧頭戰史館的外觀有如一座真正的古城，門前配置了勇士的塑像以及曾經使用過的戰車，可以了解當時戰爭的狀況。另外，有金門守護神之稱的石獅像「風獅爺」分布在各個聚落，有的開口笑，有的面帶酒窩，露出各式各樣的表情。別忘了帶著全島地圖，在發現風獅爺的地方做個記號吧！

　　以前在金門的生活相當不容易，所以當時許多年輕人紛紛離開家鄉，去東南亞或日本打拚，發生了多達三次的移民潮。後來，在國外有所成就的華僑思念故鄉而回到金門，建造了融合東南亞文化與閩南文化（福建文化）的洋式建築。比如建築上布置著中國文化中代表「幸福」之意的蝙蝠，還用了東南亞的大象、西洋的天使或英文諺語等裝飾。

　　金門有三寶：「高粱酒、貢糖、菜刀」，其中金門高粱酒香醇濃郁，有「酒國之王」的美譽。另外，金門在地盛產的花生，摻合麥芽糖所製而成的貢糖，口感細緻綿密，香酥可口，是最有人氣的伴手禮之一。另一項特產金門菜刀，相傳原料來自砲彈或榴彈，堅固又耐用，深受觀光客喜愛。

　　台灣人在農曆七月有普渡的習俗，金門地區也有，且儀式更為隆重。在金門的習俗，每年農曆七月家家戶戶會點「普渡燈」，並舉行普渡儀式。「普渡燈」的意思是在黑夜裡，點盞燈為流連世間的好兄弟引路，是最慈悲的燈。而燈景也為農曆七月的金門帶來特殊的景觀。

金門的歷史與看點是什麼呢？

1. 莒光楼は戦地であった金門の精神的な象徴です。夜には建物がライトアップされ、昼間の硬い印象が和らいで見えます。

莒光樓為昔日戰地金門的精神象徵。晚上建築物被打上燈光，白天給人的剛硬印象也看起來變得柔和了。

2. 金門では一九五八年の八二三砲撃戦などがありましたから、今でも要塞など数多くの戦争の跡が残っています。

金門歷經了八二三砲戰等大小戰爭，因此留下了許多軍事堡壘與戰役遺跡。

3. 翟山坑道は補給用の小さな船を通すために造られた象徴的な場所で、今見てもいかに大掛かりな工事だったのか伝わってきます。

翟山坑道非常具有代表性，當時是造來讓小艇運送補給用，現在造訪依然能感受到建造工程的浩大。

4. 金門で最も有名なお土産は、モロコシで作ったお酒・高粱酒と貢糖です。中でも、形が豚足に似ている猪脚貢糖が今一番人気があります。

金門最有名的伴手禮為高粱酒（高粱做的酒）和貢糖。其中特別是外形與豬腳相似的豬腳貢糖，現在最受歡迎。

5. 金門酒廠は一般公開されていて、高粱酒の歴史に触れたり、様々なお酒を試飲したり購入したりすることができます。

金門酒廠是開放入內參觀的，不只能一窺高粱酒歷史，還可以試喝跟買到各種不同品項的酒。

6. 麻花は細長く捻った小麦粉の生地を油で揚げ、ニンニク入りのシロップをまとわせた伝統的なお菓子で、索仔股ともいいます。麻花も人気のお土産です。

傳統點心麻花又名索仔股，將揉成長條狀的麵團油炸後，再包裹拌入蒜蓉的糖漿，也是一樣受歡迎的伴手禮。

マーズー
馬祖

歴史と見所

　台湾海峡の北西に位置する馬祖列島には、大小さまざまな島々が含まれていますが、そのうちの東引、北竿、南竿、東莒、西莒の五つの島で人々が生活しています。ここは昔、台湾における軍事的に要となった場所で、今でも数多くの軍事施設や軍人の方々を目にします。大きさも内容も様々な石造りの「スローガン」が島のあちこちにあり、戦地の様々な思いを知ることができるはずです。ただし、馬祖の空港や軍事施設、そして軍人は、写真撮影が禁止されていますので、遊覧する時にお気を付けください。

　かつては軍用の船を隠すために掘られた坑道も、今では観光のために開放され、中に入り見学することができます。南竿、北竿と東引に作られた「北海坑道」と名付けられたこれらの坑道は、花崗岩を人の手で掘らなければならなかったため、多くの人手と多大な労力を必要としたそうです。かつては軍事用として使われた「八八坑道」も、いまでは高粱酒の熟成用の貯蔵庫に使用されています。

　バイクをレンタルするのが島を観光する一番の交通手段です。馬祖の石の集落はこの地独特の景観です。馬祖列島の地形の影響を受け、伝統的な家のほとんどは山の中腹に建てられています。昔の人々はその場にあるものを材料にものを作っていましたから、馬祖の住民は花崗岩を積み重ねて家をつくっていました。山の傾斜一体に美しく並んでいる石造りの家は、村落の独特な景観を作り出しています。

馬祖的歷史與看點是什麼呢？

馬祖の伝統的な集落の中でも芹壁村の「海盗屋」が最も有名です。海盗屋は芹壁村の少し高い場所に位置し、正面の壁は青白石、外壁は花崗岩でできており、とても精巧に作られています。軒先にはきれいな石の彫刻が、屋根の上には獅子の石像が置かれ、それらは貴重な地元の特色になり、馬祖の新しい観光スポットとなっています。

馬祖の東莒には、第二級古跡となっている灯台があります。東莒灯台は、花崗岩で造られた灯台で、莒光の東に位置しています。今ではもう船を先導するという役からは引退してしまいましたが、毎日照らす閃光は東莒を守ってくれています。

　　位於台灣海峽西北方的馬祖列島，包含了各式大小的島嶼，人們在其中的東引、北竿、南竿、東莒、西莒這五個島嶼生活。以前是台灣的軍事要地，現在仍然可看到許多軍事設施或軍人們。大小、內容多樣的石刻標語位在島嶼各處，應該可以了解到各種戰地情懷。不過馬祖機場、軍事設施以及軍人都是禁止拍照的，遊覽時請多加留意。

　　另外，以前為了隱藏軍用船而挖掘的坑道，現在也因觀光而開放，可入內參觀。在南竿、北竿及東引鑿建而成的這些坑道，被命名為「北海坑道」，據說必須以人力開鑿花崗岩，所以需要許多人員和大量的勞力。過去曾為軍用的「八八坑道」，現在也被用於讓高粱酒熟成的儲藏庫。

　　租機車是遊覽島嶼最棒的交通方式。馬祖的石頭聚落是當地的特殊景觀，受到馬祖列島地形影響，傳統房屋大多依山而建，昔日民眾就地取材，以花崗岩砌成石厝，在山坡起落有致的排列著，形成特殊的村落風貌。

　　馬祖傳統民居聚落中以芹壁村的「海盜屋」最具代表性。海盜屋地處芹壁聚落較高處，它的正牆以青白石砌造，側牆則以花崗石完成，做工精細，搭配屋簷上的彩繪石雕和屋頂上的石獅，以富有當地特色成了當地旅遊的新景點。

　　東莒燈塔位在馬祖的東莒島，是一座二級古蹟燈塔，以花崗岩石材打造，是東莒島的地標。現今雖已不再擔任引航的任務，但仍舊每天閃耀著一長兩短的燈號，守護著東莒島。

1. 「青の涙」は一生に一度は見るべき絶景と言われています。四月から六月にかけて見られ、見る場所によって違って見えます。

   藍眼淚被譽為「一生必看」的奇景之一，出現於四月到六月，在不同的島上觀看都會有不同的變化。

2. 静謐な海に浮かぶ青の光の正体は夜光虫という渦鞭毛藻類のプランクトンで、光害のない場所でしか見られない光景です。

   浮現於靜謐海平面上的藍色光芒，來源其實是一種夜光蟲（渦鞭毛藻），是無光害下才會出現的美景。

3. 花崗岩で造られた美しい民家をご覧になりたい方は、芹壁集落がお薦めです。夕暮れ時に見ると幻想的な独特の雰囲気が感じられます。

   想看看美麗的花崗岩石板屋，可以去一趟芹壁聚落，黃昏時會形成一份獨特的浪漫氣息。

4. 馬祖は四季がはっきりしており、春から夏に変わる頃は濃い霧が発生して交通の便に影響が出ることが多いですので、大気が安定して涼しい秋に行かれることをお薦めします。

   馬祖四季分明，春夏交替時容易出現大霧影響交通，所以建議選擇涼爽安穩的秋天前往。

5. 馬祖へは飛行機で行けますが、非常に数の多い馬祖の島々を巡るには船が必要です。

   馬祖列島有非常多的島嶼，去的時候搭飛機，但周遊各個島的時候會需要仰賴船班航行。

6. 馬祖のご当地グルメの継光餅は、明朝の軍隊で食べられていたものがルーツと言われています。硬いドーナツのようにも見えますが、実際は表面にゴマをまぶして油で揚げた塩辛いパンです。

   馬祖美食繼光餅，據說源自於明朝軍隊。雖然長得像硬式甜甜圈，但是是外面有撒上芝麻的油炸鹹餅。

Q&A コーナー

秋冬時節的療癒享受─溫泉

　　時節漸漸進入十月份，各家溫泉飯店就會開始祭出各種攬客優惠。台灣從北到南都有不少溫泉地區，可以依照日本朋友喜歡的類型來挑選。湯屋就像一般飯店一樣，可以休息可以住宿，也能依照個人喜好選擇大眾浴池或是獨立湯屋，滿足每個顧客不同的需求。秋冬之際，帶朋友來溫泉晃晃，浸入享受的同時，看看台灣的美景，相信會是個難忘的回憶。

Q1 台湾に特別な温泉はあるの？

　　台湾には世界で三カ所しかない泥湯温泉があります。泥湯温泉は海外ではイタリアのシチリア、日本の鹿児島にあり、台湾では台南市の関子嶺にあります。お湯は灰色がかった黒色で、まるで泥のようですので、泥温泉とも呼ばれています。ミネラルを豊富に含み、美容やアトピー、リウマチにきくそうですよ。

- -

　　Q1 台灣有什麼特殊的溫泉嗎？

　　世界唯三泥漿溫泉之一就在台灣！全世界只有三處濁泉，義大利西西里、日本鹿兒島、台南關仔嶺。溫泉質呈灰黑色，就像泥巴一樣，又稱作為泥巴溫泉，富含礦物質，有美容、舒緩皮膚過敏、風濕性關節炎等功效唷！

Q2 有名な温泉地はあるの？

　　台湾には自然に湧いてできた野渓温泉という野湯があり、自然の中で温泉を満喫することができます。例えば、陽明山の麓にある七股野渓温泉はアクセスが便利で、お湯は乳白色ですので、ミルク風呂に浸かっているような気分になれますよ。

Q2 是否有什麼著名的溫泉景點？

　　台灣野溪溫泉有別於一般湯屋，並非人工開發，而是自然形成的天然溫泉，可以直接在大自然的包圍下享受泡湯樂趣。像是陽明山下的七股野溪溫泉，就是野溪溫泉中交通較方便又好到達的溫泉，溫泉顏色成乳白色，就像是泡在牛奶浴中呢！

Q3 市街地に近くてアクセスが便利な温泉はどこにあるの？

　　台北の市街地から近い温泉地でしたら、北投区の温泉がお薦めです。MRT赤線の新北投駅の一番出口から徒歩で一分以内のところに誰でも利用可能な手湯の星川亭がありますから、まずはそこで台湾でも珍しい手湯を体験してみてください。それから光明路を進んでいくと、たくさん温泉浴場がありますよ。

Q3 有哪個溫泉靠近市區又便利易達嗎？

　　離台北市最近的溫泉如何呢？北投區是離台北市最近的溫泉區域，搭乘捷運紅線到新北投捷運站，從一號出口出來走路不到一分鐘，就有公眾的的星川亭手湯，可以先體驗看看少見的手湯，沿著光明路上去不少溫泉湯屋唷！

PART 2　小鎮巡禮 × 導覽指南

Q&Aコーナー

全年無休的戶外活動—賞花

　　賞花可以說是個台灣全年無休的戶外活動，不少人會相約朋友、家人，到戶外踏踏青、運動一下平常僵硬的身子。眾多的賞花熱點也會緊鑼密鼓地宣傳，去之前可以多多上網比較心得，調查即時花況。徜徉在花海中拍出美麗的照片，相信不只可以洗滌疲憊的身心，也是一堂實際親近花朵的自然教育課。參觀景點會販賣許多對應的商品或美食，不妨多走走看看！

Q1 台湾では一年を通じてどのような花が見られるの？

　　台湾では気候の関係から四季折々の花が咲きます。例えば、新北市の烏来区では桜が、陽明山ではオランダカイウが、新北市の淡水区と桃園市では藤の花が、花蓮県と台東県ではワスレグサが見られます。また、コガネノウゼン、アブラギリ、アジサイは全国の至るところで咲きます。台湾は花の王国と言っても過言ではないでしょう。

Q1 台灣的一年間有哪些花季呢？

　　灣的氣候四季都有不同的花種綻放，像是新北烏來的櫻花季、陽明山海芋季、新北淡水與桃園都有紫藤花園，還有花蓮台東的金針花季，全台都有的黃鈴木油桐、繡球花，真的是花卉王國無誤！

Q2 一度に色んな花が見られる場所はある？

　　北部で一番人気の花の鑑賞スポットは、台北市の陽明山国家公園です。特にオランダカイウやアジサイが咲く三月から四月は毎日のようにすごい人出で、一年で最も賑わいます。陽明山国家公園は台北の市街地から近いですから、きれいな花を見たついでに、近くのレストランで地鶏を堪能するというコースがお薦めです。

Q2 有沒有地方能一次看到不同花卉呢？

　　台北陽明山國家公園是北部最熱門的賞花地點唷！三月到四月是陽明山最熱鬧的季節，從海芋季到繡球花，每日上山人數都滿滿滿，尤其離臺北市區不遠，除了可以欣賞到清新海芋花與豔麗繡球花外，還可以順道到附近的土雞城大啖美食，這是必備行程！

Q3 花プラスアルファを楽しめるところはある？

　　八月から十月に花蓮や台東にお越しの際は、ぜひ花蓮の六十石山で見事なワスレグサの花畑をご覧になってみてください。山頂付近の急な斜面に広がるワスレグサの光景は、まるで黄色とオレンジの絨毯のようですよ。なお、山頂付近ではワスレグサのアイスキャンデーやスープも売られていますから、ぜひ一度味わってみてください。

Q3 賞花時還有什麼加分享受嗎？

　　八月到十月來到花蓮台東遊玩的話，一定要去六十石山欣賞壯麗的金針花海，因為金針花種植在陡斜的山坡地上頭，呈現出整片山頭黃澄澄的壯觀花海，現場還可以買金針花冰棒與金針花湯來嚐嚐看！

PART 3

台灣美食大搜查

臭豆腐

中文發音 チョウドウフ

日文發音 臭(にお)い豆(とう)腐(ふ)

※台語發音：ツァウダウフー

臭(チョウドウフ)豆腐はその鼻(はな)をつく臭(くさ)いにおいから、多くの外(がい)国(こく)人(じん)観(かん)光(こう)客(きゃく)を恐(おそ)れさせています。よく見(み)る臭(チョウドウフ)豆腐は、外(そと)はカリカリ、中(なか)はしっとりの食(しょっ)感(かん)です。作(つく)り方(かた)は、豆(とう)腐(ふ)を発(はっ)酵(こう)させた後(あと)、鍋(なべ)に入(い)れて油(あぶら)で揚(あ)げ、塊(かたまり)に切(き)ります。食(た)べるときは、さっぱりとした台(たい)湾(わん)風(ふう)キムチと一(いっ)緒(しょ)によく食(た)べられます。臭(チョウドウフ)豆腐は大(ダー)腸(チャン)臭(チョウ)臭(チョウ)鍋(グォ)のような鍋(なべ)の具(ぐ)にされることもよくあり、鍋(なべ)には欠(か)かせない存(そん)在(ざい)です。臭(チョウドウフ)豆腐に食(た)べ慣(な)れている台(たい)湾(わん)人(じん)からすると、臭(チョウドウフ)豆腐のにおいは、時(じ)代(だい)がつくり出(だ)した深(ふか)い味(あじ)わいのあるものなのだそうです。

臭豆腐因刺鼻臭味令許多外國觀光客懼怕。常見的炸臭豆腐口感外酥內嫩，做法是將豆腐發酵後入鍋油炸並切塊，食用時經常搭配口感爽脆的台式泡菜。而臭豆腐也經常被當作配料，像是對大腸臭臭鍋來説，臭豆腐就是不可或缺的存在。對吃慣臭豆腐的台灣人來説，臭豆腐的臭是時代的好滋味。

蚵仔煎

| 中文發音 | オーアジェン |
| 日文發音 | カキのお好み焼き |

※台語發音：オーアジェン

夜市小吃

　蚵仔煎は非常に有名な台湾の屋台料理で、「蚵仔」とはカキのことです。その作り方は、水で溶いた片栗粉をフライパンに流し、そこに生ガキ、春菊そして卵をのせて焼いたものをお皿に盛り付け完成です。蚵仔煎を食べるときには、お店特製の甘辛いたれをつけて食べるのが一般的です。そのたれは主に醤油だれとケチャップなどの調味料で作られていて、お店によって配合の仕方が違います。台湾で蚵仔煎は、夜市のどこにでもある食べ物です。蚵仔煎の作り方から派生したものとして生ガキを使ったもの以外にも、イカ（花枝煎）やエビ（蝦仁煎）などを使ったものもあります。

　蚵仔煎是著名的台灣在地小吃，「蚵仔」即為中文的生蠔。其作法主要是將太白粉做成芡水後淋在平底鍋，接著放上生蠔、茼蒿及雞蛋一同煎熟後即可盛盤上桌。蚵仔煎在食用時經常會搭配店家特製的甜鹹醬汁，其主要是以醬油膏、番茄醬等醬料調製而成，各店家有其獨門的調配配方。在台灣，蚵仔煎是夜市常見的美食，除了以生蠔為主的蚵仔煎外，亦有像是以花枝或蝦仁為配料的花枝煎或蝦仁煎，皆屬於蚵仔煎作法所衍生出來的系列美食。

雞排

中文發音 ジーパイ

日文發音 台湾風フライドチキン

※台語發音：ゲーバイ

雞排は「香雞排」とも呼ばれ、台湾ではポピュラーな屋台料理です。雞排はフライドチキンの一種で、多くは胸肉の部分を使って作られます。鶏肉を香料に漬け味を染み込ませた後、さつま芋の粉やパン粉をまぶし油で揚げればできあがりです。台湾屋台料理における雞排の販売競争は非常に激しく、各店舗は常に新しい味付けの商品を開発していて、種類はすでに数えられないほどです。よく見かける特色のある雞排に、炭烤雞排（油で揚げた後、炭火で軽く焼いた雞排）、蜜汁雞排（たれに漬け込んだ後、油で揚げた雞排）、起司雞排（チーズを包み込んだ雞排）、そして特大雞排などがあります。

雞排又稱「香雞排」，是台灣常見的小吃。雞排屬於炸雞的一種，大多取雞胸肉的部位製作。將雞肉以香料醃漬入味後，沾上番薯粉或麵包粉下鍋油炸即可完成，起鍋後經常會撒上胡椒鹽調味。雞排在台灣小吃市場的競爭相當激烈，各店家不斷地研發並推出新口味，種類五花八門。常見的特色雞排有炭烤雞排（先油炸後再以炭火烘烤的雞排）、蜜汁雞排（以蜜汁醃漬後再油炸的雞排）、起司雞排（內裡包起司的雞排）以及超大雞排等。

鹽酥雞

中文發音	イェンスージー
日文發音	台湾風からあげ

※台語發音：ヤァムソーゲー

　鹽酥雞は台湾ではポピュラーな屋台料理のひとつです。作り方は、鶏肉を食べやすい大きさに切り分け、それをスパイスに漬けたあと、粉をまぶして油で揚げます。台湾の鹽酥雞は鶏肉以外にも、鶏皮、甜不辣、エリンギ、フライドポテト、銀絲巻（蒸しパン）、インゲン豆や高野豆腐など種類がとても豊富で、お客さんは自分で好きな食材を選んでお店の人に揚げてもらいます。鹽酥雞は通常、油から上げる直前にバジルの葉やみじん切りにしたニンニクを入れ香りを引き出し、最後に塩胡椒で味付けして完成です。おいしそうな香りが溢れる、サクサクとした食感の鹽酥雞は一度食べれば子供から大人までどんな人でもすぐに病み付きになります。

　鹽酥雞是台灣常見的小吃，作法主要是將雞肉切成小塊後以香料醃漬入味後裹粉油炸。台灣的鹽酥雞攤除了雞肉外也同時販賣其他食材，常見的有雞皮、甜不辣、杏鮑菇、薯條、銀絲卷、四季豆以及凍豆腐等，種類十分豐富，消費者可選擇自己喜歡的食材交由店家下鍋油炸。鹽酥雞在炸好即將起鍋前經常放入九層塔或蒜末稍微爆香，起鍋後再以胡椒鹽調味。香氣四溢、口感酥脆的鹽酥雞讓不少人一吃就上癮，吸引了許多各年齡層的饕客。

生煎包

中文發音	シェンジェンバオ
日文發音	焼き小籠包（や しょうろんぽう）

※台語發音：シャンジェンバウ

　　生煎包は台湾でよく見かける伝統的な屋台料理です。中国の上海が発祥地で「水煎包」とも呼ばれます。作り方はまず豚ひき肉を醤油、砂糖、コショウなどの調味料で味付けし、長ネギのみじん切り、ニンニクのみじん切り、玉ねぎなどを加え餡を作ります。そして、棒で引き伸ばした生地で包みます。包んだ生煎包をフライパンに並べ水と油を加え加熱すればできあがりです。鍋から出したばかりの生煎包は、底の部分はパリパリと、そのほかの部分はもちもちとした食感で、一口食べると中から濃厚な肉汁が飛び出し病みつきになります。生煎包は豚肉を使った餡以外にも、たくさんのキャベツやニラ、春雨などの材料を加えたものもあります。

　　生煎包是台灣常見的傳統小吃，源自於中國上海，又稱「水煎包」。作法主要是將豬絞肉以醬油、砂糖、胡椒粉等調味料調味後加入蔥花、薑末以及洋蔥等材料製成肉餡，再包入桿薄的發酵麵皮中。包好的生煎包放入平底鍋中加入水和油煎熟後即可食用。剛起鍋的水煎包底部酥脆，外皮彈牙有嚼勁，咬下的瞬間還會噴出香濃的肉汁，相當過癮。常見的水煎包除了以豬絞肉為主要內餡外，另有加入大量高麗菜、韭菜以及冬粉等材料的口味。

胡椒餅

中文發音 フージャウビン

日文發音 胡椒餅（こしょうもち）

※台語發音：ホージョウビァー

胡椒餅（フージャウビン）は、元（もと）は中国福州地区（ちゅうごくふくしゅうちく）の小麦粉（こむぎこ）を使（つか）った食（た）べ物（もの）で「福州餅（ふくしゅうもち）」ともいいます。台湾語（たいわんご）の福州（ふくしゅう）と胡椒（こしょう）の発音（はつおん）が非常（ひじょう）に似（に）ているため、時間（じかん）が経（た）つにつれ「胡椒餅（こしょうもち）」と呼（よ）ばれるようになったのが名前（なまえ）の由来（ゆらい）です。作（つく）り方（かた）は胡椒（こしょう）、長（なが）ネギのみじん切（ぎ）りと各種（かくしゅ）スパイスで味（あじ）を整（ととの）えたひき肉（にく）を、小麦粉（こむぎこ）の生地（きじ）で包（つつ）みます。生地（きじ）の外側（そとがわ）に砂糖水（さとうみず）を塗（ぬ）りゴマをまぶした後（あと）、薪（たきぎ）を焚（く）べて熱（ねっ）した鍋（なべ）に貼（は）り付（つ）け、焼（や）き上（あ）がったら取（と）り出（だ）してできあがりです。できたての胡椒餅（こしょうもち）は、パリッとした食感（しょっかん）で、お肉（にく）からジュワッと肉汁（にくじる）が染（し）み出（だ）します。いくつかのお店（みせ）の胡椒餅（こしょうもち）は、赤身肉（あかみにく）とバラ肉（にく）の二種類（にしゅるい）の餡（あん）があります。赤身肉（あかみにく）は脂身（あぶらみ）が少（すく）なくあっさりとした味（あじ）わいで、バラ肉（にく）は脂身（あぶらみ）が多（おお）めでなめらかな食感（しょっかん）です。

胡椒餅是源自於中國福州地區的麵食，又稱為「福州餅」。由於閩南語中福州與胡椒的讀音相當相似，久而久之福州餅就被唸成了「胡椒餅」，這就是其名稱的由來。作法主要是將以胡椒、蔥末和各種香料調味而成絞肉包入麵糊團中，在外皮塗上薄薄的糖水並撒上芝麻後，貼在燒有柴火的鐵鍋內部烘烤，完成即可取出食用。剛出爐的胡椒餅口感酥脆，肉質鮮美。有些店家的胡椒餅內餡又分赤肉與五花肉兩種，赤肉的口感較為紮實，油花較少；而五花肉則較為軟嫩，油脂較多。

甜不辣

中文發音 ティエンブラー

日文發音 さつま揚げ

※台語發音：ティエンブラー

甜不辣という名称は日本語の「天ぷら」から取られていて、日本ではエビの天ぷらなど油で揚げた食べ物を指しますが、台湾では魚のすり身を油で揚げたものを指します。甜不辣の作り方は、魚肉をすり身にしたものを細長く成形し、それを油で揚げます。調理する際に再度お湯の中で温めれば食べられます。台湾の甜不辣は揚げた魚のすり身以外にも、米血、厚揚げ、大根やすり身団子なども一緒に食べ、食べるときに、お店の特性のたれをつけて食べます。甜不辣はお湯で温めて食べる方法以外にも、揚げたり、野菜と一緒に炒めたりとたくさんの料理に使われます。

甜不辣名稱源自於日語的「天婦羅」，在日本是指炸蝦等油炸過的食材；在台灣則是指油炸後的魚漿製品。甜不辣的作法主要是將魚肉打成魚漿後，擠成長條狀入油鍋中油炸，烹煮時再放入水中汆燙即可食用。台灣的甜不辣除炸魚漿條外，經常與米血、油豆腐、白蘿蔔以及貢丸搭配。食用時可沾點店家特製的甜不辣醬汁一同享用。甜不辣除單獨水煮食用外也常被作為各種菜餚，例如炸甜不辣、甜不辣炒青菜等。

肉圓

中文發音 ロウユェン

日文發音 肉入りプディング

※台語發音：バーワン

夜市小吃

　肉圓は台湾の特色ある小吃の一つで、大体のものは、丸くて半透明の形状をしています。作り方は簡単で、豚肉などの餡をさつまいもの粉から作った半透明の皮の中に入れます。食べるときはよくすりおろしたにんにくや、パクチー、または特製のたれと一緒にいただきます。台湾各地にある肉圓は、材料や調理法に違いがあり、味にそれぞれの特長があります。最も有名な彰化肉圓は、中に豚肉の他、細切りの竹の子も入れ、調理の仕方も先に蒸してその後油で揚げるため、食感はもちもちです。南部の屏東肉圓は比較的シンプルで、中の餡は主に豚肉で、蒸した後は甜辣醬をかければもう食べられます。食感は比較的トロリとして柔らかです。

　肉圓是台灣的特色小吃之一，外觀大多呈扁圓形的半透明狀。作法簡單，將豬肉等餡料包入以番薯粉製成的半透明外皮中。食用時經常搭配蒜泥、香菜或是特製醬汁。台灣各地的肉圓用料與烹調方式不同，口味各有其特色。最有名的彰化肉圓，內餡除了豬肉還會包入筍絲，烹調方式則是採先蒸後炸，口感彈牙。而南部的屏東肉圓則較為簡單，內餡多以豬肉為主，蒸熟後淋上鹹甜醬即可食用，口感較為黏稠軟嫩。

炒米粉

中文發音 チャオミーフン

日文發音 焼きビーフン

※台語發音：ツァービーフン

　　ビーフンは、米から作られた麺状の食べ物の一つで、台湾の新竹県の特産です。ビーフンの調理方法はとてもたくさんあり、その中でも炒米粉が最もよく見られる料理でしょう。炒米粉はビーフンを水に浸してやわらかくした後、細切りにしたニンジン、キャベツ、椎茸などの材料を一緒に炒めて作る料理です。満腹感があり、消化もよいので宴会の席でよく出されます。炒米粉が宴会で出される場合は、たいてい大皿に盛られているので、それぞれが好きなだけ取っていただくことができます。人情味あふれるごちそうといえるでしょう。

　　米粉是一種將稻米製成麵條狀的食物，盛產於台灣新竹縣。米粉的料理方式非常多元，其中以炒米粉最為常見。炒米粉是將米粉浸水泡軟後，加入紅蘿蔔絲、高麗菜以及香菇等材料一起拌炒而成的料理。由於其飽足感佳、易消化，因而常出現在各種宴客場合。炒米粉在宴客場合經常以大盤盛裝，賓客可依各自喜好盡情享用，可說是道充滿人情味的佳餚。

豬血糕 / 米血糕

中文發音 ジューシェガオ /

ミーシェガオ

日文發音 豚の血の餅

※台語發音：ディーフエーグェ

豬血糕は台湾の屋台料理のひとつで、「米血糕」とも呼ばれます。中国の福建で食べられていたもので、その後台湾への移民により伝えられました。豬血糕の作り方は、もち米と豚の血を鍋に入れ、一緒に蒸し煮にします。その後鍋から出して、切り分けた後たれを付けてできあがりです。台湾人が豬血糕を食べるときにつけるたれには、南北で好みが分かれます。南部の人たちは甘辛いたれや醤油だれが好みで、北部の人たちは落花生を砕いた粉を全体にまぶした後パクチーをのせて食べます。豬血糕はおやつとして食べる以外にも、鍋料理やいろいろな料理の具材としてよく用いられます。

豬血糕是台灣的小吃之一，又可稱為「米血糕」。其發源自中國福建，後來隨著外省移民傳入台灣。豬血糕的主要作法是將糯米與豬血放入鍋中一同蒸煮，起鍋後即可切塊搭配佐料食用。台灣人食用豬血糕時使用的配料南北各有其喜好。南部民眾偏好加甜辣醬或醬油膏；而北部民眾則喜歡將整隻豬血糕沾上花生粉後，撒上些許香菜食用。豬血糕除了當作點心直接食用外，也是常見的食材，經常被用來當作火鍋料或料理配菜等。

夜市小吃

滷味

中文發音 ルーウェイ

日文發音 台湾風 醤 油煮込み
たいわんふうしょう ゆ にこ

※台語發音：ロービー

滷味は煮込むという意味が込められています。滷味の味付けに使うスープは、数種類もの漢方を長時間煮出して作られています。鴨の血、すり身団子、野菜や麺など、約四十種類もの豊富で新鮮な食材から食べたいものを選ぶ事ができます。できあがりに、お好みで酸菜（白菜などを発酵させて作る漬物）や長ネギ、醤油だれを添えます。現在、台湾の多くの場所に滷味の店があり、種類の多さと価格の安さから多くの学生たちの人気を得ています。

滷味這個名字有燉煮的涵義在內。用於滷味的滷汁是以多種中藥材熬製而成，店內會準備約四十種新鮮食材供顧客挑選，無論是鴨血、貢丸、蔬菜或是意麵等，種類豐富，應有盡有。完成後可依自己的口味添加酸菜、蔥花或是醬油膏等調味料。目前全台灣有許多滷味的店鋪，由於選擇眾多且價格平易近人，因此受到廣大的學生族群所喜愛。

大腸包小腸

中文發音 ダーチャンバオシャオチャン

日文發音 ライスホットドッグ

※台語發音：ドゥアデンバウショウデン

大腸包小腸は、もち米の腸詰めと台湾風ソーセージを組み合わせた屋台料理です。「大腸」とはもち米の腸詰めのことで、もち米と落花生を炒めて、豚の大腸に詰めて棒状にした食べ物です。「小腸」とは台湾風ソーセージのことで、豚のひき肉を豚の小腸に詰めた肉製品です。「大腸」と「小腸」を売っている屋台の多くでは、大腸包小腸も売られています。作り方は、もち米の腸詰めをお湯で煮てから真ん中を切り開き、焼いたソーセージを挟み、そこにたれを塗ってできあがりです。多くのお店ではニンニクのみじん切りやパクチー、酸菜などを一緒に挟んで特徴ある味わいを出しています。

大腸包小腸是結合糯米腸與台式香腸的小吃。大腸即為糯米腸，是將糯米與花生炒香後塞入豬大腸包成長條狀的食物；而小腸指的是台式香腸，是將豬絞肉包入豬小腸的肉類製品。台灣有許多販賣大腸與小腸的攤販會同時販賣大腸包小腸這項美食，做法是將糯米腸以水煮熟後，將其中間切開並包入烤好的香腸並刷上醬料及可完成。許多店家會另外夾入蒜末、香菜及酸菜等配料以增添口感。

蔥抓餅

| 中文發音 | ツォンジュアビン |
| 日文發音 | ネギ餅 |

※台語發音：ツァンアビャー

　　蔥抓餅は中国の山東から伝えられた小麦粉を使った料理で、台湾で人気の屋台料理となりました。作り方は、小麦粉と塩水で生地を作りしばらく休ませ、その後油と長ネギを加えて、薄い円形のかたまりに成形します。それを油で両面が黄金色になるまで焼き、鉄の二本のコテで表面をバラバラにしたらできあがりです。台湾の蔥抓餅にはたくさんのトッピングがあります。一般的な酸菜やバジル、卵以外に、最近では若者の好みを取り入れ、チーズやキムチ、海苔なども選ぶことができます。

　　蔥抓餅是由中國山東傳入的傳統麵食，現為台灣的流行小吃。作法是將麵粉和鹽、水揉成麵團後放置，接著抹上油和蔥花後桿成圓形的薄片狀。成形的蔥抓餅油煎至兩面呈金黃色後，用兩支鐵鏟將表皮拍鬆即可食用。台灣的蔥抓餅可搭配多種配料享用，除了常見的酸菜、九層塔以及雞蛋外，近年來為了迎合年輕人的口味，亦有店家提供起司、泡菜以及海苔等數種配料供選擇。

蛋餅

| 中文發音 | ダンビン |

| 日文發音 | 台湾風 卵 入りクレープ |

※台語發音：ネンビァー

蛋餅は、台湾で朝ごはんとして食べられる以外に、街角でよく見かける小吃です。作り方は、小麦粉、卵、塩を混ぜて生地をつくったら、焼いてクレープ状の皮をつくっておきます。次に溶き卵を八分目くらいに焼いた後、焼いておいた皮を戻します。少し熱を通し、ベーコンやハム、コーンなどの具を入れた後、長方形に巻いてフライパンから皿へ移します。食べるときはよく醤油膏やケチャップが合わせられます。蛋餅は台湾での歴史が長く、よく見られる具として上記に述べたもの以外に、最近では肉やポテトなど、種類もどんどん豊富になってきています。また、台湾では特大サイズの蛋餅を専門に販売している店もあり、シンプルで栄養があるのが売りの蛋餅は、たくさんの学生たちを魅了しています。

蛋餅在台灣除了是早餐外，更是常見的街頭小吃。作法主要是將麵粉、雞蛋與鹽打成麵糊後煎成餅狀備用，接著將打散的蛋煎至八分熟後放入煎好的餅皮，稍微加熱並放入培根、火腿或玉米粒等配料後捲成長條起鍋，食用時經常搭配醬油膏或番茄醬。蛋餅在台灣歷史悠久，常見的配料除上述外，近年來又有像是肉排、馬鈴薯等，種類愈來愈豐富。另外，台灣也有商家專門販賣尺寸特大的蛋餅，標榜簡單營養的特色吸引了眾多的學生族群。

蘿蔔糕

中文發音　ルォボーガウ

日文發音　大根餅（だいこんもち）

※台語發音：ツァイタウグェ

蘿蔔糕（ルォボーガウ）はまたの名（な）を「菜頭粿（ツァイタオグェー）」といい、台湾（たいわん）でよく見（み）られる米食（べいしょく）のおやつで、中国（ちゅうごく）の広東一帯（かんとんいったい）が発祥（はっしょう）です。作（つく）り方（かた）は、大根（だいこん）を細切（ほそぎ）りにした後（あと）、干（ほ）しエビや細切（ほそぎ）り椎茸（しいたけ）などの具（ぐ）を一緒（いっしょ）に混（ま）ぜて炒（いた）めます。次（つぎ）に米粉（べいふん）と片栗粉（かたくりこ）で作（つく）った米漿（ミージャン）を加（くわ）えて蒸（む）し、固（かた）まったら出来上（できあ）がりです。蘿蔔糕（ルォボーガウ）にはとても多（おお）くの食（た）べ方（かた）があり、最（もっと）もシンプルでよく見（み）られる食（た）べ方（かた）は蘿蔔糕（ルォボーガウ）を切（き）って油（あぶら）で焼（や）いたあと、醤油膏（ジャンヨウガウ）（とろみのある醤油（しょうゆ））や蒜蓉醤（ファンロンジャン）（にんにくの入（はい）ったソース）をつけて食（た）べる方法（ほうほう）で、朝（あさ）ごはん屋（や）でも定番（ていばん）のメニューです。また、香港料理（ほんこんりょうり）のレストランでもたくさんの種類（しゅるい）の蘿蔔糕料理（ルォボーガウりょうり）が提供（ていきょう）されており、蒸（む）した蘿蔔糕（ルォボーガウ）や焼（や）いた蘿蔔糕（ルォボーガウ）以外（いがい）に、XO醤（ジャン）で炒（いた）めた蘿蔔糕（ルォボーガウ）もよく見（み）る一品（いっぴん）の一（ひと）つです。

蘿蔔糕又稱「菜頭粿」，在台灣是常見的米食點心，源自於中國廣東一帶。作法是將白蘿蔔切絲後與蝦米及香菇絲等配料一同拌炒，接著加入在來米粉及太白粉調成的米漿中蒸煮，凝固後即完成。蘿蔔糕的吃法相當多種，最簡單的也最常見的吃法是將蘿蔔糕切塊油煎後沾上醬油膏或蒜蓉醬食用，是早餐店常態供應的早點。而常見的港式餐廳也有提供許多蘿蔔糕料理，除了蒸蘿蔔糕與煎蘿蔔糕外，XO醬炒蘿蔔糕相當常見的品項之一。

燒餅油條

中文發音 シャオビンヨウティアオ

日文發音 揚げパン挟みパン

※台語發音：ショウビァーユウジャグェ

　　台湾の伝統的な朝ごはんと聞いてまずイメージするのは燒餅油條です。燒餅は小麦粉に油を練った生地にゴマをふり、釜の外側で黄金色になるまで焼き上げたものです。外はかりっと、中はふんわりとしていて、小麦とゴマの良い香りが漂っています。油條は中国から伝わった昔ながらの揚げパンです。細長く、中は空洞になっていて、食感はビスケットのようにサクサクとしています。燒餅に油條を組み合わせると、揚げた油の香りが移って味わいがさらに増し、悪魔的においしい朝ごはんのメニューとなります。台湾では熱い豆乳と一緒に食べるのが最も通な食べ方です。

　　只要説到台灣傳統早餐，第一個直覺想到的就是燒餅油條。燒餅是由麵粉中加入油酥、撒上芝麻，將燒餅放到窯烤爐邊邊烤到金黃酥脆，口感外酥內軟，吃起來有麵香還有芝麻香；油條是中國傳來的古早的傳統麵食，形狀像是筷子一樣的長條形，中間呈中空狀、以油炸方式製作而成。油條的口感像是餅乾一樣脆口。燒餅與油條搭配起來更加香濃，多了油炸的香氣，是很邪惡的早餐組合，最棒的搭配就是再來一杯熱豆漿一起吃，才是台灣燒餅油條最道地的吃法唷！

鹹豆漿

中文發音　シェンドウジャン

日文發音　豆乳（とうにゅう）スープ

※台語發音：ダウギャム

鹹（シエンドウジャン）豆漿は茶碗蒸（ちゃわんむ）しや豆花（ドウホア）のような不思議（ふしぎ）な食感（しょっかん）のある一種（いっしゅ）の豆乳（とうにゅう）スープです。一般的（いっぱんてき）には砂糖（さとう）が入（はい）っていない温（あたた）かい豆乳（とうにゅう）に刻（きざ）みネギ、お酢（す）、油條（ヨウティアオ）、小（こ）エビ、ミートフレークなどを加（くわ）えて作（つく）りますが、作（つく）り方（かた）や材料（ざいりょう）はお店（みせ）によって異（こと）なります。豆乳（とうにゅう）はお酢（す）を入（い）れるとゆるく固（かた）まり、豆腐（とうふ）のような食感（しょっかん）になりますので、鹹豆漿（シエンドウジャン）の見（み）た目（め）については人（ひと）によって好（す）き嫌（きら）いが分（わ）かれますが、鹹豆漿（シエンドウジャン）の味（あじ）わいにはまっている人（ひと）は多（おお）いです。実（じつ）は、台湾人（たいわんじん）の間（あいだ）でも、鹹豆漿（シエンドウジャン）の好（この）みは両極端（りょうきょくたん）に分（わ）かれていまして、鹹豆漿（シエンドウジャン）が大好（だいす）きという人（ひと）もいれば、どこがおいしいのかわからないという人（ひと）もいますので、インターネット上（じょう）で論戦（ろんせん）になることも多（おお）いです。その点（てん）は日本（にほん）の納豆（なっとう）に似（に）ていると言（い）えるでしょう。

鹹豆漿的口感很微妙，是喝的豆漿但是口感更像蒸蛋或豆花。在濃郁的無糖熱豆漿中加入蔥花、醋、油條、蝦皮、肉鬆等配料，每一家的做法不同，配料也不同。豆漿因為加入了醋而起化學作用結塊，所以吃起來又有滑嫩類似豆腐的口感，雖然外表評價因人而異，但是也有不少人著迷於鹹豆漿的味道。台灣人對於鹹豆漿的喜好其實很兩極，喜歡吃的人很喜歡，不喜歡的人也會納悶鹹豆漿好吃的點在哪？常常在網路上有一番論戰，應該跟日本的納豆類似吧！

PART 3　台灣美食大搜查

台式飯糰

中文發音 タイシーファントァン

日文發音 台湾式おにぎり

※台語發音：ブンワン

台式早餐

伝統的な台湾式おにぎりは楕円形で、重さもずっしりと日本のおにぎりよりボリュームがあります。ご飯はもち米を使用し、細かく砕いた揚げパンやミートフレーク、漬物を包んだものが一般的ですが、ゆで卵が入っていることもあります。噛めば噛むほど味わいの広がるもち米と具材の香り、塩辛さ、シャキシャキ感がたまらず、一つで満足感が得られます。現在の台湾式おにぎりは具材にスペアリブやピータンを使用したものもあり、斬新な味を楽しめるようにもなっています。このように具材が豊富なことに加え、もち米は消化に時間がかかりますので、女性の場合は朝に一つ食べると午後まで満腹感が続きます。なお、台湾式おにぎりは朝ごはんに豆乳や紅茶と一緒に食べるのが本場のスタイルです。

傳統的台式飯糰跟日本飯糰形狀份量差別很大，台式飯糰長得是橢圓形的，沉甸甸的很有份量感，以糯米飯包著豐富的內餡。傳統口味內餡通常都有酥脆油條、肉鬆、鹹菜脯，豐富一點的還會包上白煮蛋，口感鹹香酥脆，軟Q糯米越嚼越香，一個台式飯糰就份量十足。隨著時代演變，現在台式飯糰內餡更多變化，有些還會包入排骨、皮蛋，口味越來越新潮，配料太豐富加上需要時間消化的糯米飯，女生通常早餐吃一個就會飽到下午，搭配豆漿或是紅茶就是正宗台式早餐！

饅頭

中文發音	マントウ
日文發音	まんじゅう

※台語發音：マンテー

饅頭は歴史のとても古い食べ物です。当初は伝統的な祭祀で使用されるお供え物の一つでしたが、その後、中国北部の主食となりました。小麦粉を主な原料とする白くふっくらとした伝統的な中華パンで、プレーンのものは特に小麦の味わいが口に広がります。現在はミルクやタロイモ、黒糖、ナッツを生地に混ぜ込み、発酵させて蒸し上げたものなど、様々な種類の味があります。また、饅頭はそのまま食べるだけでなく、目玉焼きやミートフレーク、スペアリブ、生野菜をサンドした台湾風ハンバーガーとして様々な味わいを楽しむこともできます。台湾には手作りの饅頭を販売する老舗のお店が多く、そうしたお店の饅頭には機械で作ったものとは違うもちもち感と味わいがあります。

饅頭的歷史起源很悠久，最早是傳統祭祀的祭品之一，之後變成中國北方的主食。饅頭是以麵粉為主要原料的中式傳統麵食，外觀看起來白白胖胖的，原味饅頭吃起來帶著麵香，現在還研發出多種口味，像是鮮奶、芋頭、黑糖、堅果，都是將配料混在麵糰裡發酵蒸熟，除了單吃外，饅頭吃法也有很多變化，可以夾荷包蛋、肉鬆、排骨肉或是生菜，變成像台式漢堡一樣豐富，台灣有不少手工饅頭老店，吃起來的Q度跟味道就是跟機器做出來不一樣唷！

小籠包

中文發音	シァオロンバオ
日文發音	小籠包（しょうろんぽう）

※台語發音：ランセンバウア

　小籠包（シャオロンバオ）は中国上海（ちゅうごくしゃんはい）のおやつを発祥（はっしょう）とする台湾（たいわん）の伝統的（でんとうてき）なグルメの一（ひと）つです。大（おお）まかな作（つく）り方（かた）は、味付（あじつ）けした豚（ぶた）ミンチ肉（にく）を、平（たいら）に伸（の）ばした発酵済（はっこうずみ）の生地（きじ）の上（うえ）にのせ、最後（さいご）に折（お）りたたむような方法（ほうほう）で包（つつ）んだら蒸（む）して出来上（できあ）がりです。食（た）べるときには、よく細切（ほそぎ）りのしょうがや、黒酢（くろす）や醤油（しょうゆ）と一緒（いっしょ）にいただきます。台湾（たいわん）の各地（かくち）には、小籠包（シャオロンバオ）専門（せんもん）の店（みせ）がたくさんありますが、その中（なか）でも最（もっと）も名（な）を馳（は）せているのは鼎泰豐（ティンタイフォン）に違（ちが）いないでしょう。鼎泰豐（ティンタイフォン）はアジア、アメリカなどにも支店（してん）をもっていますが、この名（な）を慕（した）って台湾（たいわん）に来（き）、小籠包（シャオロンバオ）を味（あじ）わう観光客（かんこうきゃく）も大勢（おおぜい）います。小籠包（シャオロンバオ）の人気（にんき）の高（たか）さがうかがい知（し）れますね。

　　小籠包是源自於中國上海的點心，也是台灣的傳統美食之一。作法主要是將調味後的豬絞肉放於桿平並醒好的麵團，最後再以折疊方式包覆後即可蒸煮食用。食用時經常搭配薑絲、黑醋以及醬油。台灣各地有許多小籠包的專賣店，其中最為出名的非鼎泰豐莫屬。鼎泰豐海外店遍及亞洲、美洲，而更多的是慕名來台品嚐的觀光客，足見小籠包受歡迎的程度。

水餃

中文發音	シゥイジァオ
日文發音	水餃子(すいぎょうざ)

※台語發音：ズイギャウ

水餃(シゥイジャオ)は中国(ちゅうごく)を起源(きげん)とする伝統的(でんとうてき)な麺食品(めんしょくひん)で、台湾(たいわん)ではごく普通(ふつう)の食(た)べ物(もの)です。作(つく)り方(かた)は、ミンチ肉(にく)にねぎのみじん切(ぎ)り、塩(しお)、こしょうなどの材料(ざいりょう)を混(ま)ぜ合(あ)わせて餡(あん)を作(つく)り、薄(うす)くのばした皮(かわ)の中(なか)に入(い)れて、耳(みみ)の形(かたち)のようになるよう、つまんで形(かたち)を整(ととの)えます。包(つつ)んだ水餃(シゥイジャオ)は茹(ゆ)でて水面(すいめん)に浮(う)いてきたら、すくい取(と)って出来上(できあ)がりです。よくにんにく醤油(じょうゆ)につけて食(た)べられます。台湾(たいわん)にはたくさんの種類(しゅるい)の水餃(シゥイジャオ)があり、中(なか)の餡(あん)で言(い)うなら、よく見(み)かける豚(ぶた)のバラ肉(にく)以外(いがい)に、牛肉(ぎゅうにく)や鶏肉(とりにく)を餡(あん)とする水餃(シュイジャオ)もあります。その他(た)、季節(きせつ)に合(あ)わせ、瓢箪(ひょうたん)や白菜(はくさい)などの季節感(きせつかん)のある野菜(やさい)を入(い)れることもよくあります。伝統的(でんとうてき)な習慣(しゅうかん)で、水餃(シゥイジャオ)の見(み)た目(め)が昔(むかし)の貨幣(かへい)に似(に)ていることにより、「招財(ジャオツァイ)(富(とみ)をもたらす)」の象徴(しょうちょう)とされ、新年(しんねん)には欠(か)かすことのできないごちそうです。

水餃是源於中國的傳統麵食，在台灣極為普遍。作法主要將絞肉和蔥末、鹽、胡椒粉等材料摻合一起做成餡包入桿薄的麵皮後，捏成如耳朵般的形狀。包製好的水餃下水燙煮，待浮出水面後撈起上桌，常沾蒜蓉醬油一同食用。水餃在台灣的種類繁多，就肉餡而言，除了常見的豬後腿肉外，另有以牛肉或雞肉為餡的水餃。此外，也會與季節搭配，包入像是瓠瓜、白菜等季節性的蔬菜。在傳統習俗中，水餃由於外型酷似古代的元寶，因而被視為招財的象徵，在過年時是餐桌上不可或缺的美食。

鍋貼

中文發音　グォティエ

日文發音　焼き餃子

※台語發音：ゼンギャウ

庶民美食

鍋貼は焼いた餃子で、「煎餃」という名前もあります。見た目は水餃よりも細長く、包む時に両端に隙間を残すため少し肉の餡が見えます。鍋貼を調理する際は、油を引いた平な鍋に包んだ餃子をきれいに並べます。しばらく焼いた後、麺糊（粉を水で溶いて糊状にしたもの）を加えたら蓋をして加熱します。麺糊の水分が飛んだら「一つ」になった鍋貼を皿に移して出来上がりです。一口、口に入れると、焼きたての鍋貼は、サクサクで香りのいい底の部分と、ジューシーな中の部分にやみつきになるでしょう。ここで価値ある情報を一つ！日本で鍋貼は一般的にはごはんのおかずの一つとして作られますが、台湾では三食のどれでも主食として食べられます。これは、どこでも見ることができるくらい普通のことなのです。

鍋貼是一種用煎的餃子，又有「煎餃」之稱，外型較水餃細長，包製時會預留兩端縫隙，露出些許肉餡。鍋貼在料理時會將包好的餃子整齊排列於平底的油鍋，煎製片刻後加入調好的麵糊一同加熱並上蓋，待麵糊的水分蒸發後即可將鍋貼「整片」起鍋上桌。一口咬下剛起鍋的鍋貼，酥脆而香的底部與鮮美多汁的內餡相當誘人。值得一提是，鍋貼在日本一般被當作配菜之一，但在台灣可是三餐都可食用的主食，其普遍程度可見一斑。

滷肉飯

中文發音 ルーロウファン

日文發音 豚バラごはん

※台語發音：ローバーブン

滷肉飯は、台湾の特色が最もよく表れた小吃の一つです。作り方は簡単で、さいの目に切った豚バラ肉をねぎ油でさっと炒めた後、滷のスープ（漢方などが入った醤油ベースのスープ）で煮込み、最後にご飯の上にかけれは出来上がりです。香りを添えるために、みじん切りにした椎茸を入れる店も少なくありません。口の中に入れると、とろける肉と芳醇な滷のスープが一口、また一口と癖になるようなおいしさで、付け合せの甘酸っぱいたくあんは、油っぽさを除いてくれるのにちょうどいいでしょう。ここで、価値ある情報を一つ。滷肉飯はアメリカのケーブルテレビニュース「CNN」が推薦する台湾の小吃の栄えあるチャンピオンに輝きました！台湾に来たら、マストで食べなければいけないグルメといえるでしょう。

滷肉飯是最具台灣特色的小吃之一。其作法簡單，將切丁後的豬五花肉以油蔥快炒後加入滷汁烹煮，最後淋在飯上即可完成。不少店家會另外加入香菇丁增添風味，亦常見搭配醃黃蘿蔔一起享用。入口即化的滷肉與香醇的滷汁會讓人如同上癮般一口接一口，搭配酸甜的醃黃蘿蔔正好能去油解膩。值得一提的是，滷肉飯曾榮登美國有線電視新聞網(CNN)所推薦的台灣小吃冠軍寶座，可説是遊台灣必嚐的美食。

炒麺

中文發音 チャオミェン

日文發音 焼きそば

※台語發音：ツァーミー

　炒麺は台湾でよく見ることができる麺料理です。本場の台湾風焼きそばで使用される麺は黄金色の油麺で、個人の好みによって好きな具が合わせられます。炒麺の大まかな作り方は、野菜や肉などの材料を油で炒めたら、先に茹でておいた麺を入れ、最後に水と醤油などの調味料を加えて汁気がなくなるまで炒めたら出来上がりです。台湾では、大体どこでも炒麺を売っている店があります。その種類はとても多く、よく見かける什錦炒麺（ミックス焼きそば）以外に肉をメインとした牛肉炒麺、海鮮をメインにした三鮮炒麺があります。麺好きな人は、台湾の焼きそばを絶対に外さないでくださいね！

　炒麵是台灣常見的麵食，道地的台式炒麵所使用的是色澤金黃的油麵，並依據個人喜好搭配配料。炒麵的作法主要是將蔬菜或肉類等配料爆炒後，加入事先燙好備用的麵條，最後加入水和醬油等調味料後待湯汁收乾即可上桌。在台灣，幾乎到處都有販售炒麵。其種類之多，除常見的什錦炒麵外，另有以肉類為主的牛肉炒麵，也有以海鮮為配料的三鮮炒麵。喜愛麵食的人，可千萬別錯過台灣的炒麵。

牛肉麵

中文發音 ニョウロウミェン

日文發音 牛<ruby>肉<rt>ぎゅうにく</rt></ruby>入<ruby><rt>い</rt></ruby>りラーメン

※台語發音：グーバーミー

牛<ruby>肉<rt>ニョウロウミェン</rt></ruby>麵は<ruby>第二次世界大戦<rt>だいにじせかいたいせん</rt></ruby>のときに<ruby>中国<rt>ちゅうごく</rt></ruby>から<ruby>台湾<rt>たいわん</rt></ruby>へ<ruby>移住<rt>いじゅう</rt></ruby>してきた<ruby>人々<rt>ひとびと</rt></ruby>が<ruby>作<rt>つく</rt></ruby>り<ruby>出<rt>だ</rt></ruby>した<ruby>料理<rt>りょうり</rt></ruby>です。<ruby>牛肉麵<rt>ニョウロウミェン</rt></ruby>の<ruby>種類<rt>しゅるい</rt></ruby>はとても<ruby>多<rt>おお</rt></ruby>く、<ruby>使用<rt>しよう</rt></ruby>する<ruby>牛肉<rt>ぎゅうにく</rt></ruby>の<ruby>部位<rt>ぶい</rt></ruby>で<ruby>分<rt>わ</rt></ruby>けた<ruby>場合<rt>ばあい</rt></ruby>、<ruby>牛腩麵<rt>ニョウナンミェン</rt></ruby>（<ruby>牛<rt>ぎゅう</rt></ruby>サーロイン）、<ruby>牛雑麵<rt>ニョウザーミェン</rt></ruby>（<ruby>牛<rt>ぎゅう</rt></ruby>モツ）、そして<ruby>半筋半肉牛肉麵<rt>バンジンバンロウニョウロウミェン</rt></ruby>（<ruby>牛<rt>ぎゅう</rt></ruby>スジと<ruby>牛肉<rt>ぎゅうにく</rt></ruby>が<ruby>半々<rt>はんはん</rt></ruby>）などがあり、またスープの<ruby>味<rt>あじ</rt></ruby>で<ruby>分<rt>わ</rt></ruby>けた<ruby>場合<rt>ばあい</rt></ruby>、<ruby>清燉<rt>チンドゥン</rt></ruby>（<ruby>澄<rt>す</rt></ruby>んだスープ）、<ruby>紅焼<rt>ホンシャウ</rt></ruby>（<ruby>醤油<rt>しょうゆ</rt></ruby>ベースのスープ）などの<ruby>味<rt>あじ</rt></ruby>で<ruby>分<rt>わ</rt></ruby>けられるでしょう。<ruby>牛肉麵<rt>ニョウロウミェン</rt></ruby>の<ruby>作<rt>つく</rt></ruby>り<ruby>方<rt>かた</rt></ruby>は<ruby>少<rt>すこ</rt></ruby>し<ruby>手間<rt>てま</rt></ruby>がかかり、<ruby>牛肉<rt>ぎゅうにく</rt></ruby>の<ruby>煮込<rt>にこ</rt></ruby>みと、スープの<ruby>仕込<rt>しこ</rt></ruby>みにとても<ruby>長<rt>なが</rt></ruby>い<ruby>時間<rt>じかん</rt></ruby>をかけます。ここで<ruby>価値<rt>かち</rt></ruby>ある<ruby>情報<rt>じょうほう</rt></ruby>を<ruby>一<rt>ひと</rt></ruby>つ。<ruby>台湾<rt>たいわん</rt></ruby>の<ruby>農家<rt>のうか</rt></ruby>では、<ruby>一生懸命<rt>いっしょうけんめい</rt></ruby>に<ruby>苦労<rt>くろう</rt></ruby>して<ruby>田畑<rt>たはた</rt></ruby>を<ruby>耕<rt>たがや</rt></ruby>してくれる<ruby>牛<rt>うし</rt></ruby>を<ruby>敬<rt>うやま</rt></ruby>い、<ruby>牛肉<rt>ぎゅうにく</rt></ruby>を<ruby>食<rt>た</rt></ruby>べないという<ruby>習慣<rt>しゅうかん</rt></ruby>がありました。このようなことから、<ruby>牛肉麵<rt>ニョウロウミェン</rt></ruby>は<ruby>台湾<rt>たいわん</rt></ruby>グルメの<ruby>中<rt>なか</rt></ruby>でも<ruby>極<rt>きわ</rt></ruby>めて<ruby>特別<rt>とくべつ</rt></ruby>な<ruby>存在<rt>そんざい</rt></ruby>だといえるでしょう。

牛肉麵是二戰時期自中國移居台灣的新居民所創的美食。牛肉麵種類相當多，依使用的牛肉部位來區分的話，有牛腩麵、牛雜麵以及半筋半肉牛肉麵等，依湯頭口味來區分的話，又可分為清燉或紅燒等不同口味。牛肉麵做法較費工，光燉煮牛肉與熬製湯頭就可花掉半天時間。值得一提的是，台灣農業社會為了尊敬辛勤耕耘的牛隻，而有不吃牛肉的習俗。因此牛肉麵在台灣美食中可說是極為特別的存在。

豬腳

中文發音 ズージャオ

日文發音 とんそく
豚足

※台語發音：ディーカー

豬脚は台湾でよく見かける料理です。焼き上げて作るドイツの豚足とは違い、台湾の豚足は主に滷のスープで煮ます。滷豬脚は、台湾の客家料理の一つで、豚足を煮込む前には、たいてい洗って湯通しし、冷やして毛を抜いたり角質を除去するなど、たくさんの手順を踏むことで、衛生的でもあり、よい食感にもなります。豚足は部位によって違いがあり、食感もそれぞれ違います。豚足の前の方の部位は「腿庫」と呼ばれ、この部位は肉が最も多く、脂も多いです。真ん中の部分は小腿（スネ肉）に属し、肉質は少し硬めで、コラーゲンが比較的多く含まれています。一番下の部分は全体が豚の皮で覆われているので、コラーゲンが最も多く含まれています。

豬腳是台灣常見的美食，與火烤的德國豬腳不同，台灣的豬腳以滷豬腳為主。滷豬腳是台灣的客家菜之一，豬腳在下鍋滷製之前，通常會經過清洗、汆燙、冰鎮、拔毛以及去角質等多道手續，以確保衛生及口感。而豬腳依部位不同，口感也有所差異。豬腳較前段的部位稱作「腿庫」，此部位肉質最多，油脂也最豐富；中段的部分屬於小腿，肉質較為紮實，膠質較多；尾端豬蹄的部分整體由豬皮包覆，膠質含量最多。目前台灣各地有許多著名的豬腳，如屏東的萬巒豬腳等。

炸春捲

中文發音 ジャーチュンジュエン

日文發音 揚げ春巻き

※台語發音：ルンビァーガウ

炸春捲は台湾の伝統的な屋台料理のひとつです。春捲の名称は、昔の人が立春に春捲を包んで食べたことが由来となりました。平安と健康を願うためのものでしたが、その後一般的な料理となっていきました。台湾の炸春捲の作り方は、味をつけたひき肉で作った餡を、薄い小麦粉の生地で作った皮で細長い筒状に包み、油で揚げます。揚げたての春捲は、外はパリパリ中はジューシーで、食事の席でよく目にする料理のひとつです。炸春捲は、餡にしょっぱい具材を使うもの以外にも、小豆やお餅など甘い食材を春捲の中に入れ揚げる人もいます。黄金色の皮に甘い小豆の餡が見事に合い、多くの人に好まれています。

炸春捲是台灣的傳統小吃之一。春捲的名稱由來源自於古人在立春當天會包春捲食用，以祈求平安健康，後來春捲逐漸成為了常見的菜餚之一。台灣的炸春捲作法主要是將調味過的絞肉製成的內餡包入薄麵皮後，捲成細長的圓筒狀再下鍋油炸。剛起鍋的炸春捲外皮酥脆，內餡鮮美，是宴席中常見的一道菜。而炸春捲除了以鹹料為餡，更有人將紅豆或麻糬等甜的食材包在春捲內油炸，金黃色的外表搭配甜美的紅豆餡，意外地受到不少人所喜愛。

蝦捲

| 中文發音 | シャージュエン |
| 日文發音 | エビのすり身揚あげ |

※台語發音：ヘーゲン

蝦捲は台南の有名な屋台料理のひとつです。作り方は、長ネギのみじん切り、豚ひき肉、エビにカジキのすり身をネギ塩と胡椒で味付けし混ぜます。それから豚の網脂で包み棒状にし、溶き卵に浸し小麦粉をまぶして油で揚げます。表面が黄金色になるのを待って鍋から取り出しテーブルへ。できたての蝦捲の黄金色の表面はパリパリで、中身はとても柔らかくジューシーです。蝦捲の食感の秘訣は、餡を包むのに使った豚の網脂です。豚の網脂は豚肉の組織を固定するための脂身の層で、高温の油で加熱した際、脂が蝦捲の餡に溶け込み、蝦捲の味わいをさらに深めてくれます。豚の網脂は、肉の問屋から購入しなければならないため、一般の家庭では湯葉を代用品として使うことが多く、腐皮蝦捲と呼ばれています。

蝦捲是台南著名的地方小吃之一。做法主要是將蔥末、豬絞肉、蝦仁以及旗魚漿以蔥鹽與胡椒粉調味後拌勻，接著包入豬腹膜內捲成長條狀後，沾上蛋汁及麵粉下鍋油炸。待表皮炸至金黃色後即可起鍋上桌。完成後蝦捲的外皮金黃酥脆，內餡鮮脆多汁。而蝦捲的口感秘訣來自於用來包覆內餡的豬腹膜，豬腹膜是固定豬肉組織的油脂層，經高溫油炸油質會溶入蝦捲內餡，可大大提升蝦捲的滋味。由於豬腹膜需特別向肉販要求才能購得，一般家庭多以豆腐皮代替，而有所謂的腐皮蝦捲。

魷魚羹

中文發音	ヨウユウゲン
日文發音	イカのつみれスープ

※台語發音：ジュヒーゲー

　　魷魚（イカ）は台湾でよく見られる海鮮 食 材の一つで、魷魚羹は最もよく目にするイカ料理ということができるでしょう。魷魚羹と花枝羹はとてもよく似た羹スープですが、作り方に少し違いがあります。花枝羹は普通先にイカを炒めた後、とろみをつけて羹スープにしますが、魷魚羹は正反対です。先に羹スープを準備した後、イカを入れます。一般的な作り方は、イカを茹でた後、大根や細切りにした竹の子、椎茸などの具と一緒に炒め、最後に炒めたイカと具を先に作っておいた羹スープの中に入れて、とろみをつければ出来上がりです。魷魚羹はよく沙茶 醬（サテソース）と合わせられ、沙茶 魷魚羹が作られます。スープの香りが周囲に漂い、イカはもっちりと嚙み応えがあり、食欲がそそられる料理です。

　　魷魚是台灣常見的海鮮食材之一，而魷魚羹可説是最常見的魷魚料理。魷魚羹與花枝羹是相似的羹類，作法卻有些微差異。花枝羹經常先炒後再勾芡成羹，魷魚羹正好相反，是先準備羹湯後再放入魷魚。常見的做法主要是將魷魚燙熟後，與蘿蔔、筍絲以及香菇等配料一同拌炒，最後將拌炒後的魷魚與配料加入事先熬好的羹湯並勾芡即可完成。魷魚羹經常與沙茶醬搭配，料理成沙茶魷魚羹。其湯頭香氣四溢，魷魚彈牙有嚼勁，令人胃口大開。

米苔目

中文發音	ミータイムー
日文發音	ライスヌードル

※台語發音：ビータイバッ

米苔目は台湾を代表する客家料理です。米粉に水を加えて糊状にした後、木製のふるいで何度もこし、竹の木で作ったふるいの網の目から出てきた米糊は細長い形をしています。それが米苔目です。米苔目の「苔」の音は台湾語の「篩（ふるい）」の意味で、「米篩目」とは米糊を押し出す木製ふるいの網の目という意味です。これが米苔目という名前の由来です。米苔目はよく細切り肉や干しエビ、揚げたねぎや野菜と一緒に煮て米苔目スープをつくります。また、いろんな食材を加えて炒米苔目（焼きそば）を作ってもいいでしょう。しょっぱい味付け以外に、米苔目はよく甘い味のものもあり、台湾ではカキ氷のトッピングとしてよく見られます。

米苔目是台灣最具代表的客家料理。將在來米粉加水調成糊狀後放在木篩上反覆搓揉，從竹木篩的洞眼出來的米糊會形成條狀，這就是米苔目。米苔目的「苔」音同閩南語的「篩」，「米篩目」指的就是將米糊壓出木篩洞眼的意思，這就是米苔目的命名由來。米苔目經常和肉絲、蝦米、油蔥及蔬菜一起煮成米苔目湯，也常加入各種食材做成炒米苔目。除用於鹹食外，米苔目也常做成甜的口味，在台灣是常見的刨冰配料。

餛飩湯

中文發音 フンドゥンタン

日文發音 ワンタンスープ

※台語發音：ビェンシッテン

餛飩湯は、麺をつくる生地を平らに伸ばして薄い皮をつくり、その中に肉の餡を入れて包んだ後、茹でて食べる伝統的な食べ物で、台湾では「扁食」とも呼ばれています。発祥は中国の華北地区のワンタンで、台湾に伝わった後、一般市民のごちそうの一つになりました。現在、台湾で最も有名なワンタンとして、次の三種類が挙げられます。屏東の里港餛飩、花蓮の玉里餛飩、台北の温州餛飩で、見た目にしろ味にしろ、それぞれ違った特色があります。餛飩はたいてい豚骨を煮込んで作ったスープと合わせて餛飩湯が作られ、食べる前に少量の酒とねぎを加えていただきます。香り高いスープと、つるつるでもちっとしたワンタンとの組み合わせは、ベストマッチといえるでしょう。

餛飩是一種將麵團桿成薄皮並於中間包入肉餡後煮熟食用的傳統食品，在台灣又稱「扁食」。源自於中國華北地區的餛飩，在傳入台灣後成了普羅大眾的美食之一。目前台灣最為著名的餛飩可列舉出三種，分別是屏東的里港餛飩、花蓮的玉里餛飩以及台北的溫州餛飩，無論外型或味道都各有其特色。餛飩經常與豬骨熬成的清湯搭配做成餛飩湯，食用前會加入少許米酒以及蔥花一起享用。清香的湯頭與滑嫩彈牙的餛飩可說是最完美的搭配。

魚丸湯

中文發音 ユウワンタン

日文發音 フィッシュボールスープ

※台語發音：ヒーワンテン

台湾は島国に属しているため四方は海に囲まれたよい環境にあり、各地にはそれぞれ豊富な水産資源があります。よって、魚肉から作られる食品もたくさんあり、魚丸（フィッシュボール）もその中の一つです。魚丸は主に新鮮な魚肉を材料にし、魚肉をミンチのように細かく切り刻み、そして力を入れて叩きペースト状にします。最後は一つまみしたものをボール状に形を整えます。魚丸湯は極めてシンプルなスープ料理で、沸騰した湯の中に魚丸を入れ、火が通ったら小口切りにしたセロリを風味付けに加えて完成です。台湾の魚丸は種類も非常に豊富で、台南の虱目魚丸（サバヒーのフィッシュボール）、高雄の旗魚丸（カジキのフィッシュボール）など、違った種類の魚から作られる魚丸はそれぞれ独特のおいしさがあります。

台灣屬島嶼國家，受四面環海的環境優勢，各地皆有豐富的漁業資源。因此以魚肉製成的食品相當多元，魚丸便是其中之一。魚丸主要以新鮮的魚肉為材料，將魚肉剁碎成絞肉並用力摏打後製成魚漿，最後捏成球狀。魚丸湯是一道極為簡單的湯品，將高湯煮開後丟入魚丸燙熟並加入芹菜丁提味即可完成。而台灣的魚丸種類也相當豐富，像台南的虱目魚丸、高雄的旗魚丸等，由不同的魚類所製成的魚丸口味各有千秋。

肉粽

中文發音 ロウゾォン

日文發音 中華風ちまき

※台語發音：バーザン

肉粽は中国の長い歴史ある伝統的な食べ物です。戦国時代に入水した屈原の死体が魚の群れに食べられてしまわないように、人々が竹の葉でごはんを包んだ食べ物を魚にやったというのが、肉粽の由来です。台湾の肉粽は、大きく南部の粽と北部の粽の二種類に分けられ、北部の粽はもち米を醬油などの調味料で炒めて香り付けしてから、少し硬めの竹の葉で包んだ後蒸します。食感は油飯（中華風おこわ）に似ています。南部の粽は、もち米にピーナッツ、椎茸や卵の黄身などの材料を加えた後、粽の葉で包み、最後に粽をお湯で煮ます。北部の粽と比べると、南部の粽は長時間煮ることに加え、たいていは比較的柔らかい粽の葉を選んで作っているので、竹の葉の香りが強くなります。

肉粽是中國歷史悠久的傳統美食。相傳戰國時代，為了讓投江的屈原屍體不被魚群所吃，人們因而製作了以竹葉包米飯的食物餵魚，這就是肉粽的由來。台灣的肉粽大致可分為南部粽與北部粽兩類，北部粽主要是將糯米以醬油等調味料炒香後包入質地較硬的竹葉後蒸煮，口感類似於油飯；南部粽主要是將糯米添加花生、香菇以及蛋黃等材料後包入粽葉，最後將整串粽子入水煮。相較於北部粽，南部粽由於長時間水煮，加上普遍選用質地較軟的粽葉包製，因而多了竹葉香氣。

竹筒飯

中文發音 ズートゥンファン

日文發音 竹筒蒸しご飯

※台語發音：ティッゴンアブン

竹筒飯は、台湾の先住民族の特色ある料理です。作り方は、竹を切って竹筒を作った後、味付けしておいた米、水と香料を詰め、最後に密閉したら炭火の上で焼きます。竹筒飯は、米のもちもち感と、ほのかな竹のさわやかな香りが楽しめます。このおいしさの鍵は竹筒にあり、一般的に竹筒を作るのに使われる竹は、孟宗竹や桂竹が主とされています。竹筒飯をもっとおいしくするために、竹筒は通常見た目が青緑の青竹の筒が選ばれます。その理由は、青竹の筒は比較的若い竹で、筒の壁が比較的薄く、焼いた時に熱の伝導が速いので竹の香りもごはんにしみ込みやすいからです。

竹筒飯是台灣原住民的特色美食。作法是將竹子裁製成竹筒後，塞入事先調味過的米、水以及香料，最後將之密合後置於炭火上烘烤。竹筒飯煮出的米飯彈牙，又多了一股淡淡的竹子清香。其美味關鍵在於所使用的竹筒，一般用來製作竹筒的竹子以孟宗竹與桂竹為大宗。為了讓竹筒飯更美味，竹筒通常選用外觀青綠色的青竹筒。原因在於青竹筒是年齡較輕的竹子，筒壁較薄，烘烤時導熱迅速，竹子香氣也較容易滲入米飯。

地方／季節限定

筒仔米糕

中文發音 トンザイミーガオ

日文發音 竹筒入りおこわ<ruby>竹筒<rt>たけづつ</rt></ruby>入りおこわ

※台語發音：ダンアビゴー

筒仔米糕<ruby><rt>トンザイミーガオ</rt></ruby>は台湾<ruby><rt>たいわん</rt></ruby>の伝統的<ruby><rt>でんとうてき</rt></ruby>な 小吃<ruby><rt>シャウチー</rt></ruby>の一<ruby><rt>ひと</rt></ruby>つです。作<ruby><rt>つく</rt></ruby>り方<ruby><rt>かた</rt></ruby>は、もち米<ruby><rt>ごめ</rt></ruby>、エシャロット、椎茸<ruby><rt>しいたけ</rt></ruby>を炒<ruby><rt>いた</rt></ruby>めて混<ruby><rt>ま</rt></ruby>ぜ合<ruby><rt>あ</rt></ruby>わせたあと、肉<ruby><rt>にく</rt></ruby>そぼろと煮<ruby><rt>に</rt></ruby>たまごが入<ruby><rt>はい</rt></ruby>った竹<ruby><rt>たけ</rt></ruby>の中<ruby><rt>なか</rt></ruby>に詰<ruby><rt>こ</rt></ruby>め込<ruby><rt>こ</rt></ruby>んで蒸<ruby><rt>む</rt></ruby>します。出来上<ruby><rt>できあ</rt></ruby>がった筒仔米糕<ruby><rt>トンザイミーガオ</rt></ruby>を竹筒<ruby><rt>たけづつ</rt></ruby>から出<ruby><rt>だ</rt></ruby>した後<ruby><rt>あと</rt></ruby>、パクチーを添<ruby><rt>そ</rt></ruby>え、特製<ruby><rt>とくせい</rt></ruby>の甘<ruby><rt>あま</rt></ruby>いソースと一緒<ruby><rt>いっしょ</rt></ruby>にいただきます。もち米<ruby><rt>ごめ</rt></ruby>のモチモチ感<ruby><rt>かん</rt></ruby>が楽<ruby><rt>たの</rt></ruby>しめるだけでなく、かすかに口<ruby><rt>くち</rt></ruby>の中<ruby><rt>なか</rt></ruby>に残<ruby><rt>のこ</rt></ruby>る竹<ruby><rt>たけ</rt></ruby>の香<ruby><rt>かお</rt></ruby>りを感<ruby><rt>かん</rt></ruated>じることもできます。なつかしい香<ruby><rt>かお</rt></ruby>り漂<ruby><rt>ただよ</rt></ruby>う特色<ruby><rt>とくしょく</rt></ruby>あるグルメです。

筒仔米糕是台灣傳統的小吃之一，作法是將糯米、紅蔥頭以及香菇配料拌炒後，再塞入放有肉燥與滷蛋的竹筒中蒸煮。完成後的筒仔米糕在倒出竹筒後可搭配香菜與特製甜醬一同享用。品嚐糯米飯彈牙的口感之餘，還能感受到殘留於唇齒間的竹筒清香，是道古意盎然的特色美食。

油飯

中文發音　ヨウファン

日文發音　中華おこわ

※台語發音：ユウブン

油飯は台湾の伝統的な米料理の一つです。一般的な作り方は、蒸したもち米を炒めた具材に混ぜ合わせ、最後にごま油と醤油で味を整えます。油飯の具材は非常に多く、一般的なのは細切り肉、シイタケ、桜エビ、揚げネギなどです。油飯は台湾の伝統的なプレゼントのひとつでもあり、台湾の伝統的な習慣によると、家族に赤ちゃんが生まれた時、麻油雞と油飯を先祖に供え、親しい友人に贈ります。昔は物資が今のように豊富ではなかったため、子供が生まれたなどの喜ばしいことがあった際に贈り物をするときは、米のように簡単に手に入るものを使って作っていました。油飯は作り方が簡単なため、贈り物として一番選ばれるようになりました。

油飯是台灣傳統米食料理的一種，常見作法是將蒸熟的糯米拌入炒香的配料，最後以麻油及醬油調味。而油飯的配料相當多種，常見的有肉絲、香菇、蝦米及紅蔥酥等等。油飯是台灣的傳統伴手禮之一，根據台灣傳統習俗，家中若有嬰兒出生，會以麻油雞及油飯祭祖並分送親友。早期由於物資不如現代豐富，若遇上產子等喜事需要送禮時，經常利用身邊容易取得的材料來製作，例如米飯。而油飯因做法簡單，因而成了送禮的首選。

地方／季節限定

雞肉飯

中文發音 ジーロウファン

日文發音 鶏肉ごはん

※台語發音：ゲーバーブン

雞肉飯は台湾でよく目にする小吃の一つです。作り方は、鶏肉を水煮した後細く割き、ごはんの上に乗せてタレをかければできあがりです。よく椎茸やたくあんと一緒に食べられます。さっぱりとしていて脂っこくなく、ごはんの一品としても十分だといえるでしょう。台湾で最も有名な雞肉飯といえば、嘉義 t の火雞肉飯です。ここで、価値ある情報を一つ。雞肉飯は嘉義の現地の人に言わせると、昼や夜ごはん以外に、朝ごはんや夜食としても作る小吃だということです。このようなことからもわかるように、雞肉飯は人々の心をとりこにする魅力があります。

雞肉飯是台灣常見的小吃之一。作法是將雞肉經水煮後撕成細絲，擺置於飯上再淋上醬汁即可完成，經常搭配香菇以及黃蘿蔔一同享用。其口感清爽不膩，可說是正餐首選之一。台灣最著名的雞肉飯是嘉義的火雞肉飯。值得一提的是，雞肉飯對嘉義當地居民而言，是道除了正餐外，亦可作為早餐或宵夜的小吃。由此可見雞肉飯深深擄獲人心的魅力。

擔仔麺

中文發音 ダンザイミェン

日文發音 台湾式肉そぼろ入りラーメン

※台語發音：ダーアミー

擔仔麺は台南発祥の特色ある小吃です。この名前の由来はとても面白く、言い伝えによると昔地元の人が麺を売る際には天秤（台湾語で「擔仔」）をかついで麺を街まで売りに行っていたことから、このような麺が「擔仔麺」と呼ばれるようになったということです。擔仔麺の作り方は、茹でた台湾風の油麺に、えび、肉そぼろ、おろしにんにくやパクチーなどを添え、最後に熱いスープを注ぐと、香り高い擔仔麺の出来上がりです。台南では、擔仔麺を売っている店が多く、その中でも「度小月」の老舗が最も有名です。手作りの先代から受け継がれた肉そぼろが自慢で、その芳醇な香りは擔仔麺のおいしさを一層引き立ててくれます。

擔仔麵是源自於台南的特色小吃，其名稱來源相當有趣。相傳早期當地居民賣麵時，會以扁擔（閩南語稱「擔仔」）挑著麵條至大街兜售，這種麵因而被稱為「擔仔麵」。擔仔麵的做法是將燙熟的台式油麵加入蝦子、肉燥、蒜泥以及香菜等配料，最後再加入高湯，即可完成一碗香氣四溢的擔仔麵。台南當地有許多販賣擔仔麵的店家，其中以名為「度小月」的老店最為聞名。亮點就在於其自製的祖傳肉燥，味香芳醇，為擔仔麵的美味增色不少。

棺材板

中文發音	グヮンツァイバン
日文發音	シチュー入り揚げパン

※台語發音：グァーツァーバン

棺材板は、台南の赤嵌樓付近の市場が発祥の地です。きつね色に揚げた厚切りトーストの中をくりぬいた後、中にチキンやシーフードのクリームシチューを入れます。最初は鶏肉のレバーを中に入れていたことから「雞肝板」という名前がついていました。その後、健康に対する意識が高まり、現在のようなシチューの具に変わっていきました。「棺材板」と呼ばれるようになったいわれはとてもおもしろく、その昔成大付属工業学校の先生がこれを食べているときに、その形が棺にとても似ていることを発見しました。その店の主人も棺材板（棺の板）という名前に変えたら面白いんじゃないかと思い、棺材板の「材」と同じ発音の「財」という字に換えました。食べると「升官（出世する）」そして「發財（お金持ちになる）」という意味があります。

棺材板發源於台南赤崁樓附近的市場。將油炸至金黃色的厚片吐司中間挖空後，放入雞肉或海鮮濃湯。一開始以雞肝為餡料，而命名雞肝板。後來由於健康意識抬頭，而改用雞肉或海鮮，演變成現在的濃湯餡料。棺材板的命名淵源相當有趣，據說早期成大附屬工業學校的老師在品嚐時發現其外型酷似棺材，店家覺得有趣就把名字改成了棺材板。而棺材的「材」字諧音「財」，意味吃了能升「官」又發「財」。

阿給

中文發音 アゲイ

日文發音 <ruby>春雨<rt>はるさめ</rt></ruby>の<ruby>油揚<rt>あぶらあ</rt></ruby>げ<ruby>包<rt>づつ</rt></ruby>み

※台語發音：アゲイ

阿給は台湾の有名観光スポット―淡水の特色ある小吃で、昔、地元で小吃を売っていた人の失敗によって偶然に生み出された食べ物なのです。その作り方は、切った油揚げの中に炒めた冬粉（春雨）を詰め込んだ後、魚のつみれで口を塞ぎます。食べる時には、特製の甜辣醤（甘辛いソース）と一緒にいただいてもおいしいです。阿給を一口食べてみると、つるつるで柔らかい冬粉が油揚げの袋の中から飛び出してくる絶妙の食感で、多くの子供からお年寄りまでの各年齢層のお客さんをとりこにしています。「阿給」というこのおもしろくて覚えやすい名前は、実は日本語の「油揚げ」の省略した呼び方である「揚げ」が由来で、淡水の老街で一番有名な小吃です。

　阿給是北台灣著名觀光景點——淡水的特色小吃，相傳是早期在當地賣小吃的居民誤打誤撞發明出來的美食。其作法是將對剪的油豆腐塞入炒過的冬粉後，再以魚漿封口成型，食用時可搭配特製的甜辣醬。一口咬下阿給後，細嫩的冬粉從油豆腐袋體迸發出的奇妙口感，征服了不少各年齡層的饕客。而「阿給」這個既有趣又好記的名字，其實源自於日語中油豆腐（油揚げ）的簡稱「揚げ」（音似「阿給」）是淡水老街最有名的小吃。

鼎邊趖

中文發音 ディンビェンツオ

日文發音 台湾風スープ麺

※台語發音：ディアビーソー

鼎邊趖は米からつくられた小吃の一つで、中国の福州市が発祥ですが、現在では台南や基隆のものが一番有名です。米をすり潰して米漿にした後、大きな鍋に少量の水を沸騰させます。次に、油を塗った鍋に沿わせるように米漿を注ぎます。鍋をつたって下に落ちた米漿は沸騰した鍋の中を泳ぎ、火が通ったら「趖」の完成です。できあがった趖はたいてい羹のスープ料理と合わされ、白菜、椎茸、大根または玉ねぎなどを一緒に入れていただきます。食感はもちもちで弾力があり、スープはさっぱりと甘みがあります。「趖」という字は、台湾語で泳ぐ、ゆっくり動くという意味があり、「鼎邊趖」という名前は米漿が鍋のまわりからお湯の中に落ちて動く様子からつけられました。

鼎邊趖是米食小吃的一種，源自於中國福州，目前以台南和基隆的最有名。將米磨成米漿後，在大鍋中燒滾少量的水。接著在鍋壁抹上些許油後，將米漿沿著鍋壁淋上，沿著鍋壁而下的米漿會在沸騰的鍋邊游動後蒸熟完成「趖」。完成後的趖經常搭配羹湯一同料理，同時會加入白菜、香菇、蘿蔔或是蔥頭等配料，口感彈牙，湯頭清甜。「趖」字在閩南語是「游動」、「蠕動」的意思，鼎邊趖就是以米漿沿鍋壁滴落後在水面游動的樣子來命名的，相當有趣。

潤餅

中文發音 ルンビン

日文發音 台湾風生春巻き
<ruby>台湾風<rt>たいわんふう</rt></ruby><ruby>生春巻<rt>なまはるま</rt></ruby>き

※台語發音：ルンビァー

潤餅は台湾風の生春巻きです。「潤」とは台湾語で「やわらかい」を意味します。油で揚げない台湾風生春巻きの食感はとてもやわらかいため、「潤餅」の名が付けられました。皮の作り方は、小麦粉に水を加え液状にしたものを平らな鍋底に薄く伸ばし、水分がなくなったらすぐに鍋から取り出せば完成です。潤餅の具材は北部と南部で違いが見られます。北部の潤餅はあっさりとした味付けで、ニンジン、キャベツそして豚肉の細切れを皮で包みます。南部の潤餅の具材はさらに豊富で、錦糸卵、キャベツ、キュウリ、大根にソーセージなどを火に通したり炒めた後、皮で包みます。南部の潤餅には、落花生を砕いたものと砂糖もトッピングできます。

　　潤餅為台式春捲，「潤」在閩南語中是「軟」的意思，不經過油炸的台式春捲口感偏軟，因而取名為「潤餅」。餅皮的作法為將麵粉加水調成液狀後，在平底的油鍋上鋪上薄薄的一層，待水分收乾後迅速起鍋，即可完成潤餅皮。而潤餅配料北部、南部有所差異。北部的潤餅口味清淡，將紅蘿蔔、高麗菜以及豬肉切成絲後汆燙煮熟，瀝乾水分後再包入餅皮裡即可完成；南部潤餅配料豐富，常見的有蛋絲、高麗菜、小黃瓜、蘿蔔以及香腸等，通常會過火油煎或拌炒後再包入餅皮，且會另外添加花生粉與糖粉。

刈包

中文發音　グァーバオ

日文發音　台湾風ハンバーガー

※台語發音：グァーバウ

　　刈包は「割包」とも書き、台湾の伝統的な小吃です。作り方は、長い楕円形の生地を発酵させ蒸した後、煮込んだ豚のバラ肉、酸菜、唐辛子、ピーナッツ粉などを中に挟みます。香りがよくしょっぱいですが、わずかな甘さもあります。この作り方はハンバーガーと似ていることより、「台湾ハンバーガー」と呼ぶ人もいます。最近では、刈包の種類もどんどん豊富になってきており、豚バラ肉に代わって豚カツやフライドフィッシュなどの洋風な肉系のもの、また酸菜に代わって目玉焼きや生野菜などが挟まれるなど、斬新な味のものも作られています。伝統的な習慣で、刈包は忘年会につきものの食べ物です。形が財布に似ていることから、發財の象徴であるという意味が込められているのです。

　　刈包又寫作「割包」，是台灣的傳統小吃。主要作法是將長橢圓形的麵餅發酵蒸熟後，夾入滷製過的豬五花肉、酸菜、辣椒以及花生粉。口感鹹香，略帶甜味。由於其製作手法與漢堡相似，有人因而又稱之為「台灣漢堡」。近年來，刈包的種類愈來愈豐富，有人以豬排或炸魚排等西式的肉排取代豬五花，並夾入煎蛋或生菜等配料取代酸菜，口味新穎。在傳統習俗中，刈包屬於尾牙的應景食物。其外型如同錢包，在尾牙時吃刈包有象徵發財的涵義。

碗粿

中文發音 ワングォ

日文發音 台湾風茶碗蒸し
（たいわんふうちゃわん む）

※台語發音：ワァグェ

碗粿は台湾でよく見かける米から作られた食べ物です。作り方は、米漿を加熱して糊状にした後、いくつかの小さいお茶碗の中に入れ、椎茸、そぼろ、干しエビ、滷蛋などの具を加えたら、最後に蒸して完成です。きめ細かい口当たりで、食べる時にはよく蘿蔔乾（大根の漬物）が添えられ、醬油膏または甜辣醬をかければ一層風味が増します。台湾の各地には、たくさんのその土地の特色ある碗粿があります。その中でも最も有名なのが台南の麻豆碗粿です。米漿の中にオイスターソースを入れて黒い碗粿を作ったり、かぼちゃを使った黄金色の碗粿など、台湾の碗粿は、近年材料を工夫してたくさんの新しいものが創りだされています。

碗粿是台灣常見的米食製品，作法主要是將米漿加熱糊化後倒入數個小碗中成形，並加入香菇、肉末、蝦米以及滷蛋等配料，最後再清蒸即可完成。碗粿的口感綿密，食用時經常搭配蘿蔔乾、醬油膏或甜辣醬增添風味。台灣各地有許多富當地特色的碗粿，當中最為著名的是台南的麻豆碗粿。台灣的碗粿近年在用料上也有許多創新，例如在米漿中加入蠔油調製而成的黑碗粿，或是與南瓜結合的金黃碗粿等，皆可看出台灣人對碗粿製作上的用心。

草仔粿

中文發音 ツァウズーグォ

日文發音 よもぎ餅
　　　　　　もち

※台語發音：ツァオアグェ

　　草仔粿は、台湾の平埔族の伝統的な料理です。外の皮をつくる際に、鼠麴草、よもぎなどの食用の草が加えられていることにより、草仔粿という名前がつけられました。草仔粿の作り方は、二つの部分に分けられます。もち米粉に水を加えてボール状にした後、茹でて取り上げます。草の汁を生地の中に入れ生地が緑色になるまで揉んだら外の皮の完成です。中の餡の部分は、椎茸、干しエビ、細切りにした肉や大根を、酒、醤油、砂糖などで炒め、味を均等にさせておきます。餡を皮で包んだら、少量の油を塗り、粽の葉の上に載せた後、蒸篭で蒸して冷ましたら出来上がりです。草仔粿は甘じょっぱく、もちもちの中にもカリッとした歯ごたえがあり、おいしくて健康的なお菓子です。

　　草仔粿是台灣平埔族的傳統美食。因外皮在製作時會加入鼠麴或艾草等可食用的植物草，因而命名為草仔粿。草仔粿的做法分為兩部分，將糯米粉加水和成糰狀後煮熟撈起，再與植物草汁一同加入糰中揉成草綠色的糯米糰即完成外皮；內餡部分是將香菇、蝦米、肉絲以及蘿蔔絲以酒、醬油及砂糖炒勻備用。將餡料包入外皮後塗抹少許的油，放在粽葉上後入蒸籠蒸熟放涼即可享用。草仔粿口感鹹甜，彈牙中帶脆，既美味又健康。

羊肉爐

中文發音 ヤンロウルー

日文發音 ヤギ肉鍋

※台語發音：ユウバーロー

羊肉爐は台湾でよく見られる冬の滋養強壮料理です。作り方は、さっと火を通したヤギ肉を、しょうがやごま油で香り付けされた油で炒めた後、酒、豆瓣醤、水、漢方薬を加えて煮込み、アルコールが完全に蒸発したら完成です。ヤギ肉には豊富な熱量が含まれており、漢方薬と一緒に煮てつくる羊肉爐は、冬に食べると滋養強壮の効果があり、寒くて弱っている体を温めてくれます。また、ヤギ肉には鉄分も豊富に含まれており、血をつくり、肝臓を保養する効果もあります。台湾人が羊肉爐を食べるときは、よく豆腐、フィッシュボール、野菜などの具材を一緒に入れて食べられます。ヤギ肉の栄養が吸収できる以外に、いろんな食材を摂ることができます。

　　羊肉爐是台灣常見的冬令進補料理。作法主要是將川燙後的羊肉以薑片和麻油爆香拌炒後，加入米酒、豆瓣醬、水以及中藥材熬煮，待酒精完全蒸發後即可完成。羊肉富含豐富的熱量，與中藥材一起熬煮成的羊肉爐，在冬天食用有補中益氣的功效，能讓虛寒的身體暖和起來。此外，羊肉中另含豐富的鐵質，因此也有補血、養肝的功效。台灣人在吃羊肉爐時常會加入豆腐、魚丸、蔬菜等配料一同享用，除了能攝取羊肉的營養，更可品嚐各種不同的食材。

地瓜球

中文發音 ディーグアチョウ

日文發音 さつま芋ボール

※台語發音：ハンジーポン

もちもちとした食感で甘い地瓜球は、台湾の夜市でよく見かけるお菓子です。作り方はとても変わっていて、鍋に油を入れよく熱した状態で丸めた芋の生地を入れ、適度な速度で混ぜながら成形し、その後押しつぶし中の空気を押し出します。そうしているうちに芋の生地が球状に膨らんでいきます。そのため地瓜球と呼ばれるようになりました。

彈牙甜蜜的地瓜球是台灣夜市常見小點心。其作法相當特別，在熱鍋的油裡放入揉成圈狀的地瓜麵團，適度翻攪到稍微成型後擠壓，將空氣擠出來，逐漸膨脹的地瓜麵團形成球狀體，故稱地瓜球。

發糕

中文發音 ファーガオ

日文發音 蒸^むしパン

※台語發音：ファッグェ

發糕は台湾では新年の祭祀に使ったり友人に贈られる、米から作られた食べ物です。作り方は、まず米粉に水を加えて米漿にした後、小麦粉とベーキングパウダーを一緒に入れて混ぜます。その生地をカップの九分目まで注いだら、強火で十五分間蒸して出来上がりです。發糕の発音は「發財」の意味があり、このことから新年の祭祀の際、財運アップを祈願するのによく使われます。發糕のめでたい雰囲気をさらに出すために、視覚効果をねらい、いろんな色の發糕を売る店もあります。また、客家人は、發糕をつくるときに膨らんで皮の表面が割れる形に「笑」の意味があると思っており、發糕が大きく膨らみ、裂け目も深いと、新しい一年に福を招いてくれることを表しています。

發糕是台灣過年過節用來祭祀或餽贈親友的米製食品。做法主要是將在來米粉加水調成米漿後，將麵粉和發粉一同加入攪拌。攪拌後的糊漿倒入紙膜九分滿後用大火蒸十五分鐘即可完成。發糕諧音有「發財」之意，因此常用在過年祭祀場合以祈求財源廣進。為了讓發糕增添喜氣感，有些店家還會提供各種顏色的發糕，增加視覺上的效果。另外，客家人認為發糕蒸煮時因脹裂而在表皮產生的裂痕有「笑」的涵義，因此發糕發的愈大，裂痕愈深，則代表新的一年愈有福氣。

紅龜粿

中文發音 ホングェーグォ

日文發音 赤い亀の餅

※台語發音：アングーグェ

紅龜粿は台湾の節日に先祖を拝む際、よくお供え物として使われるもち米からつくられる食べ物です。見た目は赤色のうすっぺらい丸型で、食感はもちもちでやわらかく甘いです。作り方はまず、もち米に水を加えて一まとまりになるまで捏ねた後、お湯でさっと茹で、取り上げます。そして、塩、砂糖、赤い色素を一緒に入れて揉み込み、もち生地をつくります。よく揉み込んだもち生地の中に、甘く煮た小豆の餡を入れて包んだ後、押し伸ばして薄い丸型にすれば完成です。台湾では、紅龜粿が完成した後、特製の木でできた道具を使って、桃の葉や亀などの模様を押し当てます。時には福、禄、寿などの縁起のいい文字を押し、神様の加護を祈願することもあります。紅龜粿はお菓子として食べる以外に、幸福を祈る際の重要なものでもあるのです。

紅龜粿是台灣節慶拜拜時常用來作為供品的糯米食品，外型為紅色的扁圓狀，口感彈牙而甜。其做法大致如下：將糯米粉加水揉成米糰後汆燙煮熟後撈起，並連同鹽、砂糖以及紅色色素一同再放入糯米粉中揉成粿糰，揉好的粿糰包入煮好的甜紅豆餡後壓成扁圓狀即可完成。在台灣，紅龜粿在完成後會利用特製的木質模印壓出像是桃葉紋和龜紋等等的紋路，有時還會印壓福祿壽等代表吉祥的文字，以祈求神明保佑。紅龜粿除了是甜點外，更是祈福時的重要工具。

黑糖糕

中文發音 ヘイタンガオ

日文發音 黒糖（こくとう）ケーキ

※台語發音：オーテングェ

黒糖糕（ヘイタンガオ）は台湾の伝統的な発酵菓子の一つで、澎湖（ポンフー）から始まりました。台湾において日本の統治が終わる前に、澎湖島（ポンフーしま）に入った琉球人（りゅうきゅうじん）が琉球（りゅうきゅう）ケーキの作り方を伝え、それがその後、現在（げんざい）の黒糖糕（ヘイタンガオ）となったということです。黒糖糕（ヘイタンガオ）の食感（しょっかん）はもちもちしており、あまり甘（あま）すぎず、よくある伝統的お菓子のひとつです。昔（むかし）の人（ひと）は「發糕（ファーガオ）」には「發財（ファーツァイ）」の意味（いみ）があると考（かんが）え、お寺（てら）での奉納（ほうのう）や伝統的な祭事（さいじ）には黒糖糕（ヘイタンガオ）を供（そな）えて財運（ざいうん）を願（ねが）い、黒糖糕（ヘイタンガオ）はお供（そな）え物（もの）としてよく使（つか）われるようになりました。

黑糖糕是台灣傳統的發酵糕點之一，源自於澎湖。據說是在台灣光復前，由澎湖島上進駐的琉球人傳入琉球糕的作法，後來發展成了現在的黑糖糕。黑糖糕口感彈牙且甜而不膩，是常見的傳統點心之一。老一輩的人認為「發糕」有「發財」之意，在廟宇慶典或傳統節慶時將黑糖糕供奉神明可以帶來財運，黑糖糕因此也成為了常見的供品。

珍珠奶茶

| 中文發音 | ジェンジューナイチャー |
| 日文發音 | タピオカミルクティー |

※台語發音：ジンズーリンデー

台湾の飲み物で最も代表的なものは、珍珠奶茶を除いてほかにはありません。その人気はアジア全土のみならず、最近ではヨーロッパでも珍珠奶茶の専門店ができています。珍珠とはタピオカのことで、さつま芋の粉やでんぷんから作られています。弾力がありミルクティーにとてもよく合い、甘さがそんなに気になりません。ゴクゴクと、一口また一口と病みつきになることでしょう。

　　説到台灣最具代表性的飲品，非珍珠奶茶莫屬，名氣傳遍全亞洲，近年甚至歐洲也出現珍珠奶茶專賣店。珍珠即是粉圓，原料是地瓜粉或樹薯粉，彈牙有嚼勁的粉圓搭配奶茶甜而不膩，咕嚕咕嚕一口接一口令人上癮。

豆花

| 中文發音 | ドウホァ |
| 日文發音 | 豆乳ゼリー |

※台語發音：ダウフェー

　　豆花は台湾の伝統的な食べ物で、朝食やアフタヌーンティーでよく食べられます。甘いもの、しょっぱいもの、冷たいもの、温かいものもあり、小豆やいんげん豆、落花生などの豊富なトッピングを添えて食べます。大豆に凝固剤（硫酸カルシウムまたはにがり）を混ぜることで作られ、食感は豆腐よりさらに滑らかで、口に入れるとまるでとろけるようで、大豆の香りが口の中にしばらく留まります。

　　豆花是台灣傳統早餐、下午茶點常見的食品。可作甜、鹹、冰的、熱的抑或加入紅豆、大豆、花生等等佐料豐富口感。由黃豆摻入凝結劑（石膏粉或滷水）形成，口感比豆腐滑嫩且入口即化，黃豆香氣唇齒留香，久久不散。

車輪餅

中文發音 チャールンビン

日文發音 台湾風今川焼き
（たいわんふういまがわや）

※台語發音：ゴンアグェ

車輪餅は日本が発祥の地で、日本では「今川焼き」と呼ばれています。台湾では「紅豆餅」とも呼ばれ、よく見られる伝統的なデザートです。車輪餅の作り方は、小麦粉、卵そして砂糖で生地を作り、専用の型に流し入れ加熱します。生地が固まるのを待って、中心部に餡を入れ一度取り出し、二度目に入れた生地の上にそれで蓋をし、加熱すれば完成です。車輪餅の餡は小豆以外にも、クリームや芋餡などがよく見られます。最近ではしょっぱい餡も登場しています。切干し大根やツナ、カレー味など種類も非常に豊富で、様々な味があって人気があります。

車輪餅發源於日本，在日本稱作「今川燒」。在台灣又可稱「紅豆餅」，是常見的傳統甜點。車輪餅的作法主要是將麵粉、雞蛋以及砂糖和成麵糊後，倒入專用的模型煎台內加熱。等麵糊凝固後放入中間的餡料並取出翻面，覆蓋在二次倒入的麵糊上加熱片刻即可完成。台灣常見的車輪餅餡料以紅豆、奶油以及芋泥等為主，近年來則出現了各種鹹味的內餡，像是蘿蔔絲、鮪魚或咖哩口味等，種類五花八門，造福了許多口味較為獨特的消費族群。

烏龍茶

中文發音	ウーロンチャ
日文發音	ウーロン茶

※台語發音：オーリョンデー

烏龍茶は中国が原産で、部分発酵したお茶です。その味わいは紅茶と緑茶の中間で、紅茶の甘く芳醇な香り、緑茶の清々しさを持ちます。烏龍茶の名称は諸説ありますが、比較的信憑性が高いのは、その茶葉の外観が関係しているようです。烏龍茶の茶葉は天日干し、焙煎、乾燥の後、外観は真っ黒で、細長い形状はまるで小魚のようです。それを水の中に入れると、一匹の黒い龍が水の中に入っているかのようで、そこから烏龍茶と名付けられたとのことです。烏龍茶の中の烏龍茶ポリフェノールには、油分を抑制する効果があり、食後に飲む烏龍茶は、油分が体内に蓄積されるのを減少させる作用があり、ダイエットを好む人の人気を得ています。

烏龍茶原產於中國，是經過部分發酵的茶。其口感介於紅茶與綠茶之間，既有紅茶的甘醇，又有綠茶的清香。烏龍茶的名稱來源眾說紛紜，較為可信的說法是認為源於茶葉的外型。烏龍茶的茶葉在經過日曬、烘炒、焙乾後，外觀呈烏黑色，條狀的外型如同小魚。再放入水中泡開後就如同一尾黑色的龍入水般，因而稱之為烏龍茶。烏龍茶中的烏龍茶多酚有抑制油分的效果，飯後來杯烏龍茶有助於減少油脂於體內的屯積，深受想減肥的族群所喜愛。

東方美人茶

中文發音 ドンファンメイレンチャ

日文發音 東方美人茶（とうほう び じんちゃ）

※台語發音：ポンホンデー

東方美人茶は白毫烏龍茶、香檳烏龍茶、膨風茶とも呼ばれています。東方美人茶という名称は、イギリスのビクトリア女王が東洋のこのお茶の味に感動してオリエンタル・ビューティーと名付けたことに由来するといわれています。東方美人茶は主に台湾の北部で生産されています。色は赤みを帯びた茶色ですが、半発酵茶つまりウーロン茶の一種です。茶葉はウンカという虫が噛んで汁を吸った一芯二葉という新芽と二枚の若葉を主に使用しています。東方美人茶には果物や蜂蜜を思わせるような甘い香りがあり、ポリフェノールも豊富ですので、高血圧や高コレステロールに効果があるといわれています。

東方美人茶又稱白毫烏龍、香檳烏龍或是一般俗稱的膨風茶。相傳東方美人茶的取名是來自英國維多利亞女王，由於驚艷於此茶的風味，又因為來自東方，因而賜名東方美人茶。東方美人茶主要的產地大多位於台灣北部，雖然茶色帶著紅色色澤，但是屬於部分發酵茶種，也就是烏龍茶的一種。製造東方美人茶的茶菁原料以小綠葉蟬吸過的一心二葉為主，東方美人茶的風味帶有果香與蜂蜜香，富有大量茶多酚，還有降低血壓與膽固醇的功效唷！

烏魚子

中文發音 ウーユーズー

日文發音 からすみ

※台語發音：オーヒービョー

烏魚子はボラの卵巣を塩漬けにした後乾燥させた食べ物で、台湾の高級お土産のひとつです。ボラは利用価値の高い食用の魚で、温・熱帯海域を周遊しています。台湾沿岸はまさにボラの集まる場所で、毎年多くのボラが漁獲されます。しかし近年になり、過度な捕獲や沿岸部の深刻な汚染、海水温度の上昇により、ボラの漁獲量は以前よりも減ってしまいました。需要に応えるために、養殖の方法をとるようになりました。烏魚子の最もよく見られる食べ方は、烏魚子を高粱酒に浸し、それを軽く焼くものです。ちょうどよく焼かれた烏魚子からはお酒の良い香りが溢れ、肉厚で身が詰まっていて、噛むと濃厚な味わいが口の中に広がり味覚を満足させます。

烏魚子是將烏魚卵巢鹽漬後乾燥的加工食品，屬於台灣的高級伴手禮之一。烏魚是高經濟價值的食用魚，常洄游於溫、熱帶海域，台灣沿海正是烏魚的群聚處，每年可捕獲不少烏魚。但近年由於過度捕撈、沿海遭嚴重汙染、海溫上升等因素，烏魚漁獲量已大不如前。為了滿足食用需求，目前亦透過魚塭飼養。烏魚子最常見的料理方式是將烏魚子浸泡於高粱酒後再火烤。烤得恰熟的烏魚子酒香四溢、厚實飽滿，咀嚼後香醇濃郁的味道在唇齒間化開，征服饕客的味蕾。

鐵蛋

中文發音	ティエダン
日文發音	鉄（てつ）の卵（たまご）

※台語發音：ティーネン

　　鐵（ティエダン）蛋は台湾（たいわん）の北部（ほくぶ）、淡水地区（ダンシュエちく）を発祥（はっしょう）とし、見（み）た目（め）が鉄（てつ）の塊（かたまり）のように黒（くろ）くて硬（かた）いことから、「鐵蛋（ティエダン）」という名前（なまえ）がつけられました。鐵蛋（ティエダン）の作（つく）り方（かた）は、玉子（たまご）を醤油（しょうゆ）や香料（こうりょう）と一緒（いっしょ）に煮込（にこ）んだ後乾（あとかわ）かすという作業（さぎょう）を一週間（いっしゅうかん）繰（く）り返（かえ）したら出来上（できあ）がりです。昔（むかし）の地元（じもと）で小吃（シャウチー）の店（みせ）を経営（けいえい）する人（ひと）は連日（れんじつ）の大雨（おおあめ）で、商売（しょうばい）がうまくいっていませんでした。食（た）べ物（もの）を無駄（むだ）にしないように滷蛋（るたん）をもう一度（いちど）醤油（しょうゆ）で煮（に）て、外（そと）に並（なら）べて乾（かわ）かしていました。思（おも）ってもみないことに、小（ちい）さく黒（くろ）く硬（かた）くなるまで煮（に）た卵（たまご）は、意外（いがい）にもなんと芳醇（ほうじゅん）な香（かお）りがしておいしかったのだそうです。これが、鐵蛋（ティエダン）の由来（ゆらい）です。

　　鐵蛋發源於台灣北部淡水地區，由於外表又黑又硬如同鐵塊，因而命名為鐵蛋。鐵蛋做法是將雞蛋以醬油和香料滷製後風乾，重複此步驟持續約一星期完成。鐵蛋的由來據說早期在當地經營小吃店的居民，遇上連日大雨生意慘澹。為了不浪費食物，而將滷蛋重複滷製再擺出風乾，沒想到卻發現滷到又小又黑又硬的蛋，味道竟然意外地香醇美味。

鳳梨酥

中文發音 フォンリースー

日文發音 パイナップルケーキ

※台語發音：オンライソー

鳳梨酥は台湾で有名な昔からあるお菓子で、主要な原料は小麦粉、バター、砂糖、卵、冬瓜そしてパイナップルです。鳳梨酥はとてもシンプルなお菓子で、餡とそれを包むケーキの二層でできています。食感は、外はサクサク中はもっちりとしていて、一口食べるとパイナップルの甘い香りが口いっぱいに広がります。パイナップルの台湾語の発音は「旺來」と似ており、幸運に恵まれ、物事が発展していくことを表しています。そのため、鳳梨酥は毎年旧正月の時期になると、親しい友人に贈るプレゼントのひとつとなっています。台湾には各種様々な鳳梨酥があり、独特な外観をしているのを売りにしているものもあれば、餡の味にこだわりのあるものもあり、どれもとてもおすすめです。

鳳梨酥是台灣的著名傳統點心，主要原料為麵粉、奶油、糖、蛋、冬瓜以及鳳梨醬。鳳梨酥構造簡單，僅外皮與內餡兩層，口感外酥內嫩，一口咬下就能嚐出鳳梨甜香。由於鳳梨的閩南語諧音與「旺來」類似，有吉利興旺之意，因此鳳梨酥常被當做逢年過節時饋贈親友的伴手禮之一。台灣的市面上目前有各式各樣的鳳梨酥，有的以獨特外型為賣點，有的則注重內餡的口味，無論是哪一種都各有其擁護者。

太陽餅

中文發音　タイヤンビン

日文發音　太陽餅（たいようもち）

※台語發音：タイヨンビアー

太陽餅は台湾中部の名産のひとつで、甘い味付けのケーキの一種です。その形は円形に近く、比較的大きいです。食べるときには均等に幾つかの塊に切り分けます。最近では、需要に合わせて手に取りやすいように、小さめの太陽餅も作られています。太陽餅の餡は麦芽糖がほとんどです。甘さが強いため、高山茶など比較的濃い味のお茶とよく一緒に出されます。皮の部分が崩れやすく、食べる際にポロポロと落ちてしまうため、太陽餅をお椀の中に入れて、お湯などを注いでお粥のようにして食べる変わった方法が考え出されました。

太陽餅是中台灣名產之一，甜餡餅的一種。其形狀近似圓形，由於面積較大，一般食用前多會均分成幾塊。近年來店家為符合需求推出了面積較小的太陽餅，方便拿取食用。太陽餅的內餡以麥芽糖為主，由於口味偏甜，通常搭配高山茶等口味較濃的茶一同享用。而餅皮的部分由於酥而易碎，食用時容易掉落餅屑，因此有一種新奇的吃法誕生——將太陽餅放入碗內後倒水分解成粥狀食用。

金牛角麵包

中文發音 ジンニョウジャオミェンバオ

日文發音 牛の角パン

※台語發音：ギンギューガッパン

金牛角麵包はシンプルなバターパンです。その外見が黄金の牛の角に似ていることから「金牛角」と名付けられました。新北三峽地区の名物の一つです。金牛角麵包の大まかな作り方は、まず小麦粉、卵、牛乳、砂糖、塩、イーストとバターを練り生地にし、発酵させます。発酵が終わった生地を幾つかの小さな塊に分け、水滴状の形に伸ばし成形します。その先端に切れ目を入れ、牛の角のように巻いていきます。最後に牛の角状に成形された生地の上に、卵液とバターを塗り、ゴマを振りかけたらオーブンで焼きます。できたての金牛角麵包は香りに溢れ、幾層にも分かれた食感が大人からも子供からも好まれています。

金牛角麵包是簡單的奶油麵包，由於其外型如同金黃色的牛角，因而取名為「金牛角麵包」，是新北三峽地區的名產之一。金牛角麵包的作法大致如下：將麵粉、雞蛋、牛奶、砂糖、鹽、酵母粉和奶油揉成麵團後靜置發酵，發酵好的麵團平均切成數小塊後揉成水滴狀桿平，並在前端切出切口後順勢拉開捲成牛角狀。最後將成形的牛角麵團外頭塗上以蛋液及奶油調製而成的塗料後撒上些許芝麻即可入烤箱烘烤。完成後的金牛角麵包香氣四溢，口感層次分明，大人小孩都愛。

特色伴手禮

牛軋糖

中文發音　ニョウガータン

日文發音　ヌガー

※台語發音：テンツァン

台湾人の大半はヌガーは台湾発のお菓子と誤解していますが、実際はイタリアで生まれたもので、台湾では原語の nougat を音訳した「牛軋糖」と呼ばれています。ヌガーの材料は蜂蜜やアーモンド、メレンゲですが、台湾に伝わってからは砂糖、粉ミルク、バターを加えたアーモンドバター味が最も伝統的なものとなり、甘いミルクの香りがヌガーの第一印象となりました。現在では各種のナッツ類やベリー類を使用した様々なヌガーがあります。また、ヌガーは硬くて歯にくっつくというのが従来のイメージでしたが、柔らかくて歯にくっつかないヌガーを開発したお店もあり、若者にも受け入れられやすくなっています。なお、ヌガーは台湾の人気のお土産の一つでもあります。

　　台灣人大多以為牛軋糖是很台味的甜點，其實它起源於義大利，由Nougat直接音譯而來，是由蜂蜜、杏仁和蛋白製成的糖果。傳來台灣後加入奶粉、砂糖、奶油當主原料，最傳統的口味是奶油杏仁，而濃濃奶香就是對牛軋糖第一口的印象。現今還會加入各類堅果、莓果類，口味更加豐富。傳統牛軋糖給人的印象就是硬梆梆的還會黏牙，不過現在有些店家改良研發出軟Q不黏牙的牛軋糖，提高了更多年輕人的接受度。牛軋糖也是台灣熱門伴手禮之一喔！

高粱酒

中文發音 ガオリャンジョウ

日文發音 コーリャン酒（しゅ）

※台語發音：ガウリャンジュー

　高粱（ガオリャンジョウ）酒は中国（ちゅうごく）の白酒（しろさけ）の一種（いっしゅ）で、多（おお）くの種類（しゅるい）があります。台湾（たいわん）で最（もっと）も有名（ゆうめい）な高粱（ガオリャンジョウ）酒は金門高粱（ジンメンガオリャンジョウ）酒です。金門高粱（ジンメンガオリャンジョウ）酒は地元（じもと）で採（と）れた高粱（ガオリャン）（モロコシ）を原料（げんりょう）とし、適（てき）した気候（きこう）ときれいな空気（くうき）と水質（すいしつ）により、風味（ふうみ）は特（とく）に香（かお）り高（たか）く、台湾全土（たいわんぜんど）で有名（ゆうめい）です。高粱（ガオリャンジョウ）酒は台湾（たいわん）でよく各種贈答用（かくしゅぞうとうよう）に使（つか）われます。例（たと）えば、誕生日祝（たんじょうびいわ）い、引越（ひっこ）し祝（いわ）い、宴席（えんせき）や昇進祝（しょうしんいわ）いなどです。高粱（ガオリャンジョウ）酒の醸造（じょうぞう）メーカーは各種（かくしゅ）の贈答用（ぞうとうよう）のニーズに応（こた）えるため、外観（がいかん）や味（あじ）の異（こと）なる高粱（ガオリャンジョウ）酒を生産（せいさん）しています。このことからも、高粱（ガオリャンジョウ）酒は贈答文化（ぞうとうぶんか）の中（なか）で非常（ひじょう）に重要（じゅうよう）なものであるといえることでしょう。

　　高粱酒屬於中國白酒的一種，種類繁多。在台灣最為著名的高粱酒為金門高粱酒。金門高粱酒是以當地產的旱地高粱為材料，搭配適宜的氣候以及乾淨的空氣與水質，風味特別香醇乾冽，聞名全台。高粱酒在台灣經常當作各種場合的餽贈禮品，例如：慶生、喬遷、宴客或高升等等。特別的是，專門釀造高粱酒的酒廠會生產各種不同外觀及風味的高粱酒，以滿足各種不同的送禮需求，由此可見高粱酒在送禮文化中的重要性。

Q&A コーナー

熱鬧非凡的夜生活—台灣夜市

　　説到台灣名揚國際的一大特色，就是傍晚開始會漸漸熱鬧起來，觀光客也絕對都要朝聖一番的夜市了！對台灣人來説，就算很少去夜市，也絕對是生活周遭不可分割的一部份。根據每個地方的特色，發展出種類豐富的美食小吃，沿著攤位一家一家地吃，可説是親口品嚐台灣多元的文化呢！日本朋友來台絕不會錯過的夜市，身為領隊一定得先整理好必吃必玩清單對吧！

Q1 台湾はどうしてこんなに夜市が人気なの？

　　台湾人にとって食はとても大切なもので、台湾では特に、種類の豊富な地元ならではの庶民料理が最も有名です。台湾の夜市は少なくとも二百年の歴史があり、様々な庶民料理の屋台が立ち並ぶ夜市にはそれぞれの特色と名物がありますから、海外からの観光客の方は必ず夜市に行ってみたいと思うようです。台湾のグルメを味わいたい方はぜひ夜市を巡ってみてください。

Q1 台灣的夜市文化為什麼這麼興盛？

　　吃在台灣人生活中是非常重要的一環，尤其以眾多的道地小吃最為著名。夜市文化至少有兩百年的歷史，將各種小吃攤位聚集在一起，每個夜市都有自己的特色與名物，每個國外觀光客來到台灣都一定想來走一趟。想了解台灣美食特色，就到夜市逛逛吧！

Q2 どうして台湾人は夜市が好きなの？

　　台湾人にとって夜市は夜の生活を楽しむための特別な場所です。おいしい料理だけでなく、輪投げや風船割りといった定番のゲームも楽しめますし、お買い得な生活用品も手に入りますから、台湾人にとって夜市はレジャースポットでもあるのです。また、夜市にはさまざまな飲食店があり、夜中まで営業しているところもありますので、仕事上がりの食事は夜市で済ませるのが最も手っ取り早いのです。なお、台湾では夜食も重要な楽しみの一つです。

　　Q2 台灣人喜歡夜市的原因何在？

　　夜市是台灣獨特的夜生活文化，除了美食外，套圈圈、射氣球等常見遊戲，或是划算的生活小物，都是台灣人的休閒日常。而下班時間後解決一餐的最快方式就是去夜市，選擇多又營業到很晚，甚至會開到凌晨。宵夜也扮演了台灣生活的重要角色呢！

Q3 必ず行くべき夜市は？

　　台湾には非常に多くの夜市があり、商業エリアとして決まった場所でお店が営業しているところもあれば、移動販売する屋台が集まったところもあります。北部ですと台北の士林夜市、通化夜市、寧夏夜市、中部ですと台中の逢甲夜市、南部ですと台南の大東夜市、花園夜市、および高雄の六合夜市と瑞豊夜市が有名です。

　　Q3 有哪些必朝聖的夜市嗎？

　　台灣的夜市實在是太多了，有些是行程固定的商圈，有些則是流動的夜市攤家。台北的夜市以士林夜市、通化夜市、寧夏夜市為主。台中有逢甲夜市，台南有大東夜市、花園夜市，高雄則以六合夜市與瑞豐夜市最為著名。

Q&A コーナー

一天活力的來源—台式早餐

中式與西式融合的台灣早餐，也是日本朋友來台絕不能錯過的文化產物之一。日本朋友可能大多無法想像，台灣的早餐選項不只有三明治、漢堡，居然還有清粥小菜、牛肉湯等等特別菜色，更別説燒餅油條配豆漿之類，台灣人心中的美味記憶了！難得來一趟，記得帶日本朋友好好體會一下最經典的幾樣早餐，每天早上吃一樣説不定還吃不完全品項呢！

Q1 台湾の朝食文化はどのように変わってきたの？

一九五〇年までの台湾はまだ農業が中心で、朝ごはんはお腹いっぱい食べることはできましたが、ご飯にちょっとしたおかずといった質素なものでした。その後、多くの外省人が移ってきた一九五〇年以降は、朝食のメニューに焼餅油條が加わり、阜杭豆漿、永和豆漿大王といった有名な朝食屋さんもできました。一九七九年以降は美而美という西洋スタイルの朝食レストランもオープンし、中華風の朝食も西洋風の朝食も食べられるようになりました。

Q1 台灣的早餐文化是怎麼演變的？

從一九五零年前早期農業時期吃飽不吃巧，簡單的白飯配小菜；一九五零年後外省移民大量來台，出現了燒餅油條，也誕生了知名的阜杭豆漿、永和豆漿大王等店；再到一九七九後出現西式早餐店美而美。可以看到台灣早餐文化中，中西式早餐豐富，想吃什麼通通都有！

Q2 台湾の朝ごはんの特徴は？

　　台湾には特別な朝食メニューがたくさんあり、地域によって内容が異なります。北部では焼餅油條と豆漿を一緒に食べますし、中部では朝から豚の角煮丼を食べます。また、南部の牛肉スープ、サバヒーの腹身スープ、塩味粥なども特色のある一品です。

Q2 台灣早餐的特色有哪些？

　　台灣有很多特色早餐，每個地區不太一樣，不管是北部的燒餅油條配豆漿，中部從早餐開始就吃控肉飯，還是南部的牛肉湯、虱目魚肚湯、鹹粥，都各有各的特色。

Q3 台湾の朝ごはんで外せないメニューは？

　　台湾で必ず食べるべき朝ごはんのメニューは地域によって異なります。例えば、北部では焼餅油條と豆漿のセットが基本ですし、ボリュームたっぷりのもち米おにぎりも一つ食べたらお昼までお腹が空くことはないです。また、中部では豚の角煮丼のほかに、大根餅と豚の腸にもち米を詰めた米腸と目玉焼きのセットも中部ならではのメニューです。また、南部では茶碗蒸しのような碗粿や牛肉スープ、海鮮粥が定番の朝食メニューです。

Q3 必點的台式早餐選項？

　　台灣必吃的台式早餐排列組合南北大不同，像是北部，一套燒餅油條搭配豆漿是基本，也有大顆的糯米飯糰，吃一顆就飽到中午；中部除了爌肉飯外，還會有特殊的蘿蔔糕搭配米腸、煎蛋；而南部碗粿、牛肉湯、海鮮粥都是定番的早餐選項。

PART 4

台灣文化知識大補帖

元宵燈會

中文發音 ユェンシャウデンホエイ
日文發音 元宵ランタンフェスティバル

元宵ランタンフェスティバルは台湾の旧正月期間の中で大晦日、元旦と同じくらい賑やかな元宵節に開催されるイベントです。旧暦一月十五日に当たる元宵節は小正月とも呼ばれていて、ランタンを空に飛ばしたり、白玉団子を食べたり、ランタンに書かれたなぞなぞを解いたり、ランタン見物に行ったりする習慣があります。台湾では毎年、元宵節に特定の県か市で全国的な大規模の台湾ランタンフェスティバルが開催され、その年の干支をモチーフとしたメインのランタンをはじめとする色とりどりのランタンが展示される他、ドローンショーと花火のコラボなど様々な演出もあります。また、他の国からランタンが出展されることもあり、二〇二二年に高雄で開催された台湾ランタンフェスティバルには日本の名古屋市が出展しました。

元宵燈會是台灣農曆年節裡除了除夕、初一外，最歡樂的日子了。農曆元月十五元宵節又有小過年之稱，傳統元宵節活動除了放天燈、吃元宵湯圓、猜燈謎外，還要攜家帶眷的去賞花燈。元宵燈會都是以當年的生肖為主燈，每年台灣都會有一個縣市主辦全國性的大型「台灣燈會」，各式五顏六色花燈爭奇鬥豔，還會配合多種展演，像是夜晚的無人機搭配煙火演出，更會有來自別的國家的花燈參展，像 2022 高雄台灣燈會就有日本名古屋的花燈參加展出唷！

節慶活動

划龍舟

中文發音 ファーロンジョウ

日文發音 ドラゴンボートレース

　旧暦五月五日の端午節に開催される伝統行事のドラゴンボートレースは、古代中国の楚の愛国者で詩人の屈原が入水自殺をした際、魚たちがその亡骸を食い荒らさないように彼を悼む人々が船を出し、魚たちを追い払おうとしたのが始まりと言われています。台湾では毎年、端午節の日に各県市の主要な河川でドラゴンボートレースが開催され、たくさんの地元企業などが参加しています。毎回のレースで最も手に汗握るのはボートの先頭の旗取り役がうつ伏せ状態になってゴールの旗を取ろうとする瞬間で、見ていてとてもハラハラドキドキします。なお、ドラゴンボートレースは今では国際スポーツ競技となっていて、二年に一度、奇数年に世界大会も開催されています。

　　相傳每年在農曆五月五日端午節舉辦的划龍舟習俗，是為了紀念中國古代楚國愛國詩人屈原而來。據説在屈原投江自盡後，人民以划船的方式驅趕水中的魚群，以免屈原的屍身被魚群吃掉，後來就變成紀念屈原的方式。每年端午節當天，台灣各縣市都會在主要河川舉辦龍舟競賽，會有許多當地的公司行號參與。最刺激緊張的時間點就是奪旗手俯臥船頭等著奪旗的那一刻，好不刺激！原本的民俗活動現在已經是國際級的大型運動賽事，甚至還有世界龍舟錦標賽都在奇數年舉辦唷！

鹽水蜂炮

中文發音 イェンシュエホンパオ

日文發音 塩水ロケット花火祭り

塩水ロケット花火祭りは台南市塩水区にある関聖帝君を主祭神とする塩水武廟が元宵節に開催する伝統行事です。一大宗教イベントでもあり、毎年何万人という人が見物にやってきます。この行事の由来は清朝の時代に遡ります。当時の塩水地域では疫病が流行っていて、関聖帝君に救いを求める地元の信者たちが神輿を担ぎ、疫病神がいなくなるように爆竹を鳴らしながら街中を巡回したところ、疫病がおさまりましたので、それから毎年の元宵節に、関聖帝君を乗せた神輿を担いで街中を練り歩きながら爆竹を鳴らすのが慣習となりました。また、時代が下るとロケット花火も使われるようになり、ますます規模が大きくなっていきました。この祭りを体験してみたいという方は、火傷しないように必ず全身フル装備で臨んでください。

鹽水蜂炮是台南鹽水關聖帝君廟在元宵節舉辦的民俗活動，也是宗教界的盛事，每年會吸引數以萬計的觀光客到場朝聖。鹽水蜂炮源自於清朝，當時鹽水地區流行瘟疫，當地信徒祈求關聖帝君保佑，請出神轎出巡遶境，沿途燃放鞭炮嚇走瘟神，經過鞭炮燃放後居然真的去除瘟疫，爾後每年元宵節關聖帝君神轎屋出巡加上燃放鞭炮就變為習俗。後期以蜂炮燃放，規模越來越大，不過想要去體驗鹽水蜂炮必須做好全身上下的保護措施，以免被鞭炮炸傷唷！

節慶活動

燒王船

中文發音 シャウワンチュアン

日文發音 王船祭（おうせんさい）

王船祭（おうせんさい）は屏東県（ピンドンけん）東港鎮（ドンガンちん）にある有名な東隆宮（ドンロンゴン）が主催（しゅさい）する平安（へいあん）を祈（いの）る祭典（さいてん）で、三年（さんねん）に一度開催（いちどかいさい）されています。もともとは疫病払（えきびょうばら）いのための祭（まつ）りとして始（はじ）まり、次第（しだい）に平安（へいあん）、幸（しあわ）せを祈（いの）る祭（まつ）りに変（か）わっていったと言（い）われています。王船祭（おうせんさい）の一大（いちだい）イベントは王船焼（おうせんや）きです。王船（おうせん）とは疫病（えきびょう）や邪気（じゃき）を乗（の）せる法器（ほうき）としての船（ふね）のことで、古来（こらい）のしきたりに従（したが）って建造（けんぞう）され、この王船（おうせん）を焼（や）く前日（ぜんじつ）に東港（ドンガン）の街中（まちじゅう）を一周巡回（いっしゅうじゅんかい）させて邪気（じゃき）を集（あつ）めます。王船祭（おうせん さい）で最（もっと）も注目（ちゅうもく）を集（あつ）める王船焼（おうせんや）きの儀式（ぎしき）では、海辺（うみべ）に設置（せっち）された王船（おうせん）に金紙（きんし）の入（はい）った袋（ふくろ）が一（ひと）つずつ積（つ）み上（あ）げられ、縁起（えんぎ）の良（よ）い時間（じかん）になると、道士（どうし）によって水路（すいろ）が開（ひら）かれ、王船（おうせん）が燃（も）やされます。これによって地元（じもと）の厄（やく）が全（すべ）て取（と）り払（はら）われると信（しん）じられているのです。

王船祭是屏東東港知名的東隆宮三年一次的平安祭典，相傳一開始是為了祛除瘟疫而舉辦，後期則轉化為平安祈福的祭典。燒王船則是王船祭中重要的一環，王船為法器之一，是為了乘載瘟疫、不祥、煞氣離去而造，而王船的建造都遵從古法，燒王船的前一天還會在東港當地繞境一週，有沿途接收煞氣與不祥的意義。燒王船是王船祭最受注目的儀式，王船會以一袋袋的金紙固定在沙灘上，等待良辰吉時一到，由道士開出水路並引燃大火將王船燒盡，就代表已經將地區內的厄運通通帶走。

搶孤

中文發音　チャングー

日文發音　供え物を奪い合う

<ruby>搶<rt>チャングー</rt></ruby> <ruby>孤<rt></rt></ruby>は死者の <ruby>魂<rt>たましい</rt></ruby> と<ruby>供<rt>そな</rt></ruby>え<ruby>物<rt>もの</rt></ruby>を<ruby>奪<rt>うば</rt></ruby>い<ruby>合<rt>あ</rt></ruby>うという<ruby>意味<rt>いみ</rt></ruby>で、その<ruby>奪<rt>うば</rt></ruby>い<ruby>合<rt>あ</rt></ruby>いの<ruby>中<rt>なか</rt></ruby>で<ruby>大声<rt>おおごえ</rt></ruby>を<ruby>上<rt>あ</rt></ruby>げたりして、この<ruby>世<rt>よ</rt></ruby>への<ruby>未練<rt>みれん</rt></ruby>を<ruby>捨<rt>す</rt></ruby>てきれない死者の <ruby>魂<rt>たましい</rt></ruby> をあの<ruby>世<rt>よ</rt></ruby>に<ruby>送<rt>おく</rt></ruby>り<ruby>返<rt>かえ</rt></ruby>す<ruby>行事<rt>ぎょうじ</rt></ruby>のことをいいます。<ruby>現在<rt>げんざい</rt></ruby>では<ruby>民俗的<rt>みんぞくてき</rt></ruby>な<ruby>競技<rt>きょうぎ</rt></ruby>イベントとなり、<ruby>台湾最大規模<rt>たいわんさいだいきぼ</rt></ruby>の<ruby>搶孤<rt>チャングー</rt></ruby>は<ruby>旧暦<rt>きゅうれき</rt></ruby>の<ruby>七月末<rt>しちがつまつ</rt></ruby>にあの<ruby>世<rt>よ</rt></ruby>とこの<ruby>世<rt>よ</rt></ruby>をつなぐ<ruby>鬼門<rt>きもん</rt></ruby>が<ruby>閉<rt>と</rt></ruby>じられる<ruby>前<rt>まえ</rt></ruby>に、<ruby>北部<rt>ほくぶ</rt></ruby>の<ruby>宜蘭県頭城鎮<rt>イーランけんトウチェンちん</rt></ruby>で<ruby>中元祭<rt>ちゅうげんまつ</rt></ruby>りのフィナーレとして<ruby>開催<rt>かいさい</rt></ruby>されます。<ruby>会場<rt>かいじょう</rt></ruby>には<ruby>滑<rt>すべ</rt></ruby>りやすい<ruby>牛脂<rt>ぎゅうし</rt></ruby>がたっぷりと<ruby>塗<rt>ぬ</rt></ruby>られた<ruby>多<rt>おお</rt></ruby>くの<ruby>柱<rt>はしら</rt></ruby>によって<ruby>支<rt>ささ</rt></ruby>えられた<ruby>孤棚<rt>グーポン</rt></ruby>という<ruby>高<rt>たか</rt></ruby>さ<ruby>四十<rt>よんじゅう</rt></ruby>メートル<ruby>余<rt>あま</rt></ruby>りの<ruby>塔<rt>とう</rt></ruby>が<ruby>設置<rt>せっち</rt></ruby>され、<ruby>競技<rt>きょうぎ</rt></ruby>では<ruby>五人一組<rt>ごにんひとくみ</rt></ruby>の<ruby>各<rt>かく</rt></ruby>チームが<ruby>組体操<rt>くみたいそう</rt></ruby>のように<ruby>協力<rt>きょうりょく</rt></ruby>し<ruby>合<rt>あ</rt></ruby>いながら<ruby>柱<rt>はしら</rt></ruby>を<ruby>登<rt>のぼ</rt></ruby>っていき、<ruby>一番上<rt>いちばんうえ</rt></ruby>に<ruby>取<rt>と</rt></ruby>り<ruby>付<rt>つ</rt></ruby>けられた<ruby>順風旗<rt>じゅんぷうき</rt></ruby>という<ruby>旗<rt>はた</rt></ruby>を<ruby>一時間以内<rt>いちじかんいない</rt></ruby>に<ruby>最初<rt>さいしょ</rt></ruby>に<ruby>手<rt>て</rt></ruby>にしたチームが<ruby>勝<rt>か</rt></ruby>ちです。なお、<ruby>順風旗<rt>じゅんぷうき</rt></ruby>を<ruby>手<rt>て</rt></ruby>にした<ruby>人<rt>ひと</rt></ruby>は<ruby>精霊<rt>せいれい</rt></ruby>や<ruby>神様<rt>かみさま</rt></ruby>に<ruby>守<rt>まも</rt></ruby>られると<ruby>言<rt>い</rt></ruby>われています。

台灣最大型的搶孤活動每年農曆七月底鬼門關前在會在北部宜蘭縣頭城鎮舉辦，是中元節祭典的最後一部份。所謂的搶孤就是要跟鬼魂搶奪供品，用聲勢、氣勢嚇走留戀在人間的鬼魂回到陰間，也可以說是驅鬼活動演變成現在的民俗競技。孤棚就是一座高達四十幾公尺的高塔形狀，上頭抹大量牛油，搶孤比賽以五人為一組，以疊羅漢的方式爬上孤棚，只要在一小時內先奪到孤棚頂端的「順風旗」旗幟就算勝利，相傳奪旗的人可以得到鬼神的庇佑喔！

節慶活動

媽祖遶境

中义發音　マーズーヤウジン

日文發音　媽祖巡行

　　媽祖巡行は台湾中部の沿岸地域で毎年開催される一大宗教イベントです。航海・漁業の守護神として信仰を集める媽祖の旧暦三月の誕生日に、媽祖の神像を乗せた神輿を先頭に、大勢の信徒が平安を祈りながら地元を練り歩く行事で、その賑わいぶりは「三月は媽祖に熱狂する」という言葉があるほどです。台湾では苗栗県の白沙屯拱天宮、台中市の大甲鎮瀾宮、雲林県の北港朝天宮、嘉義県の新港奉天宮の媽祖巡行が最も有名です。中でも最も規模が大きいのが大甲鎮瀾宮の媽祖巡行で、ユネスコの世界無形文化遺産にも登録されています。

　　台灣有一句「三月瘋媽祖」的俗語，媽祖遶境是台灣中部海線每年重要的宗教盛事。媽祖是討海人必拜的神明，守護著海上的安全，每年農曆三月媽祖誕辰時節，會請出媽祖安奉於神轎內遶境，祈求境內平安，信徒們也會跟追隨神轎繞行。其中以苗栗白沙屯拱天宮媽祖、台中大甲鎮瀾宮媽祖、雲林北港朝天宮媽祖、嘉義新港奉天宮媽祖，四大媽祖遶境為台灣最知名的媽祖遶境活動。其中大甲鎮瀾宮媽祖遶境活動為規模最大，還被聯合國教科文組織(UNESCO)列入世界非物質文化遺產喔！

炸寒單

中文發音　ジャーハンダン

日文發音　寒さ追い払う伝統行事

　炸寒単は元宵節に開催される台東県特有の伝統行事です。元宵節には神様の神像を乗せた神輿を担いで街を巡行するイベントが多いですが、炸寒単では寒単爺という台東の漢人の間で信仰されている重要な神様に扮した生身の人間が化粧をし、下半身は赤い短パンだけ、上半身は裸の状態で神輿に乗り、ガジュマルの枝を手に持って四方八方から投げつけられる爆竹を一身に浴びます。爆竹を投げつけるのは、寒がりな寒単爺のために寒さを追い払い、体を温めるためといわれています。また、爆竹の勢いが激しければ激しいほど、その年の金運が良くなるそうです。なお、寒単爺は武財神とも呼ばれています。

　炸寒單為台東特有的元宵節習俗活動，寒單爺為台東漢人信仰中很重要的神明之一。每到元宵節時，不像其他神明遶境是由神像安奉在神轎上，寒單爺則是由真人肉身扮演，上半身赤裸，下半身著紅短褲，臉畫成花臉扮相，以站立的方式站在武轎上，手持榕樹枝阻擋四面八方來的炮炸。相傳寒單爺畏寒，所以人民才會以鞭炮丟向武轎的方式為寒單爺驅寒，也有驅寒送暖的意義。據說炮竹炸得越旺，當年的財運也會越好，寒單爺也有武財神之稱喔！

節慶活動

布袋戲

中文發音	ブーダイシー
日文發音	台湾の伝統的な人形劇
閩南語發音	ボテヒ

ボテヒ きげん ちゅうごく　　　　　　　　　 たいわん　 けいざい ぶんか　 はってん ともな　　 どくじ
布袋劇の起源は中国ですが、台湾では経済、文化の発展に伴って独自
ボテヒぶんか　う　　　　　　　　　　　　　 たいわん　 ボテヒ　　　 でんとうてき　 にんぎょうげき　　 とうしょ
の布袋劇文化が生まれました。台湾の布袋劇は伝統的な人形劇で、当初
にんぎょう　き　ほ　　つく　　いと あやつ
の人形は木を彫って作り、糸で操るマリオネットのようなものでした。
ぶたい　　　 ぶきょうしょうせつ　だいざい　　　　　　　　　　　　　　　　　　　えん　　　　　 みお
舞台では武侠小説を題材としたスリリングなシーンが演じられ、見終
つぎ こうえんじかん き　　　　　　しかた　　　　　　　　　 みりょくてき　　　げんざい
わると次の公演時間が気になって仕方がなくなるほど魅力的です。現在
ボテヒ　　　 しよう　　　 にんぎょう　　　　　　 はな
では布袋劇で使用される人形はますます華やかなものとなっています。
むかし　やがい　　　　　　　　　く　　　ひろう　　　　　　　　　 おお　　　　　　　　　　　 ご
昔は野外でセットを組んで披露されることが多かったですが、その後は
ボテヒ　　　 ほうそう　　せんもん　　　　　　 きょく かいせつ　　しちょうしゃ め　　とくしゅこう
布袋劇を放送する専門のテレビ局が開設され、視聴者の目をひく特殊効
か　くわ　　　　　　 きょうみぶか ないよう
果も加わってさらに興味深い内容となっています。

　　布袋戲最初雖是傳自於中國，不過隨著台灣的經濟文化發展，也創造出台灣本土獨特的
布袋戲文化。台灣布袋戲是傳統的掌中戲，初期的布袋戲人偶是以木雕製作，再用細線牽引，
類似魁儡木偶的模樣。在舞台上表演各種武俠章回小說刺激、緊張的劇碼，讓人每每看完一齣戲
都心繫著下一齣戲的上檔時間。現代的布袋戲人偶造型越來越華麗，而且原本在路邊搭個棚架
就可以演出，到後來還設有專屬布袋戲演出的電視台，甚至加入了各種視覺效果十足的特效，
增添不少趣味。

PART 4　台灣文化知識大補帖

歌仔戲

中文發音	ゴーザイシー
日文發音	台湾歌謡劇
閩南語發音	ゴアヒ

歌仔戲は台湾の最も代表的な伝統劇で、伝統的な歌仔戲と節回しに改良を加えた野台歌仔戲の二種類があります。歌仔戲は歌謡劇として十九世紀末に宜蘭で誕生しました。当初は民間に伝わる有名な物語などが平易な話し言葉で歌われ、舞台道具も単純なものでした。歌仔戲は廟の前の広場で上演されることが多く、神様をお迎えする儀式の前の演出として行われることもありました。第二次世界大戦後には、劇団の数が布袋劇に次いで二番目に多い劇となり、テレビで放送されるようにもなりました。規模の大きい国際的な劇団もあり、中でも最も有名な歌仔戲の劇団の一つが明華園戲劇総団です。

歌仔戲是最具代表性的台灣本土表演藝術，目前台灣布袋戲分為傳統歌仔戲與野台歌仔戲兩種，十九世紀末期源自宜蘭，是以歌曲為主的傳統戲曲表演。初期是以簡單的道具進行演出，戲碼以民間耳熟能詳的民俗故事為主，以台灣白話傳唱歌謠，常常在寺廟前廣場演出，或是當作迎神儀式前的表演。第二次世界大戰之後，歌仔戲是僅次於布袋戲戲班最多的劇種，甚至也搬上電視螢幕演出。也有大型國際化的精緻歌仔戲團，像是明華園就是最著名的歌仔戲團之一。

民俗信仰

陣頭

中文發音　ジェントウ

日文發音　廟会で披露される

　　　　　パフォーマンス

　陣頭は廟会というお寺のお祭りで披露されるパフォーマンスで、一種の伝統芸能です。陣頭には大きく分けてエンターテイメント性の強い文陣と武術など宗教性の強い武陣の二種類があり、さらにいくつもの種類に分かれています。元々は神様を楽しませるためのもので、役者が神様の隊列を先導することから陣頭と呼ばれています。陣頭に関して最も有名なのは武陣に登場する神様の護衛集団である八家将や武陣の宋江陣、七爺八爺という神様などです。また、陣頭の中は幽霊や神様の世界であり、役者は上演前に肉食をしてはならない、化粧後は軽はずみな行為は控え、厳粛な態度で臨まねばならないといった多くの決まりがあります。ただ、近年ではテクノ系のダンスミュージックを取り入れた若者らしいパフォーマンスも増えてきています。

　　陣頭是民間廟會祭祀的活動之一，分為文陣與武陣，其中又分為好幾種類型，類似民俗技藝表演。原本的功能是娛樂神明，因為表演者走在神明隊伍前頭，所以稱為陣頭。說到陣頭大家最熟知的應該就是武陣中的八家將、宋江陣、七爺八爺等。陣頭裡有鬼神世界縮影，陣頭表演者在表演前也有許多禁忌，例如必須茹素，上妝後行為不可輕佻，需保持莊重嚴肅等。不過近年來陣頭的演出型態越來越年輕化，像是會開始結合電音、舞曲，表演創意更多元！

電音三太子

中文發音 ディエンインサンタイズ

日文發音 陣頭（ジェントウ）とテクノ系（けい）
ミュージックの組み合わせ（くあわせ）

　　電音（ディエンインサンタイズ）三太子はお寺（てら）のお祭（まつ）りで披露（ひろう）される伝統的（でんとうてき）な陣頭（ジェントウ）とテクノ系（けい）の音楽（おんがく）が融合（ゆうごう）したダンスパフォーマンスのことで、七星歩（しちせいほ）と呼（よ）ばれるステップが中心（ちゅうしん）です。三太子（サンタイズ）とは封神演義（ほうしんえんぎ）に登場（とうじょう）する道教（どうきょう）の少年神（しょうねんしん）の哪吒（なた）のことで、多（おお）くのお寺（てら）で神様（かみさま）として祀（まつ）られています。活発（かっぱつ）で可愛（かわい）いイメージの哪吒（なた）がテクノ系（けい）の音楽（おんがく）に合（あ）わせて元気（げんき）いっぱい踊（おど）るのが電音（ディエンインサンタイズ）三太子（ジェントウ）です。陣頭（ジェントウ）とテクノ系（けい）ミュージックの組（く）み合（あ）わせは以前（いぜん）からありましたが、電音（ディエンインサンタイズ）三太子と呼（よ）ばれるようになったのは二〇〇六年（にせんろくねん）のことで、二〇〇九年（にせんきゅうねん）には高雄市（ガオションし）で開催（かいさい）されたワールドゲームズでも披露（ひろう）され、台湾（たいわん）で大（だい）ブームとなりました。そして、そのことがきっかけで、伝統文化（でんとうぶんか）を取（と）り入（い）れた電音（ディエンインサンタイズ）三太子はポピュラーなものとなったのです。

　　電音三太子就是結合傳統廟會祭祀的陣頭加上流行電子音樂舞曲的表演活動，舞步以七星步為主，三太子則是封神演義中的李哪吒，也是許多廟宇中會供奉的神明之一。哪吒本身的形象就是活潑、可愛，又再加上電音舞曲、活力十足的舞步。雖然先前就有陣頭搭配電音的組合，但 2006 年才正式擁有電音三太子這個名稱。2009 年電音三太子也在高雄世界運動會開幕表演中演出，一時間在台灣造成大轟動，更奠定了電音三太子的流行地位，是傳統文化也是流行文化！

民俗信仰

舞龍舞獅

中文發音 ウーロンウーシー

日文發音 龍の舞と獅子舞

　　龍の舞と獅子舞の由来についてはさまざまな説があり、一説によると、龍の舞は吉祥のシンボルである神獣として神話に登場する龍の動きを表現することで、雨が降るよう祈る儀式だったようです。また、獅子舞は清の時代の乾隆帝が夢に見た五色の色鮮やかな体を持つ聖獣の姿をそっくりそのまま臣下に作らせ、舞い手を中に入れて踊らせたのが始まりで、獅子舞によって軍の士気を高めていたそうです。その後、宮廷だけではなく民間でも舞われるようになり、今日まで受け継がれてきたといわれています。龍の舞と獅子舞は重要なお祭りや開会式でめでたい気分を盛り上げるために、爆竹や銅鑼や太鼓の音が鳴り響く中で舞われることが多く、旧正月に欠かせない伝統の舞でもあります。

　　舞龍舞獅的由來眾說紛紜，龍在神話中一直是神獸、祥瑞的代表，起初是以模仿龍的姿態當作祈雨儀式的舞蹈。而舞獅據說是清朝乾隆皇帝在睡夢中夢到五色聖獸，夢醒後將夢中聖獸的姿態描繪出來，並加入舞者裝扮，以舞獅提升軍中的士氣。一開始是僅限於宮廷中的舞獅表演，爾後才傳入民間，並延續至今日。舞龍舞獅常被當成重大慶典、開幕儀式中，增添喜氣一定會有的表演，加上鞭炮，以及敲鑼打鼓聲響，氣氛熱鬧非凡，也是農曆過年時節必備的傳統活動。

擲筊文化

中文發音 ジージャウ

日文發音 ポエ

擲筊は台湾語で「跋桮」といい、道教で占いの儀式に使う道具です。使う筊杯とは木や竹などで作った半月型の道具で、膨らんでいる方は陰面と呼ばれ、平らな方は陽面で、使用する際には二つで一組として使います。まず筊杯を握り自己紹介をし、自分が知りたいことを示します。そして拝んだ後、二つの手にある筊杯を地面に放り投げます。筊杯の表裏の組み合わせを見て、神様の答えを知ることができると言われています。一陰一陽の組み合わせは「聖杯」とも呼ばれ、神様もそのことを認めているということです。通常、聖杯が三回連続して出なければカウントされません。二つの陽面は「笑杯」とも呼ばれ、神様が笑っているという意味で、まだそのことについては答えが出ていないということです。最後に二つの陰面は「陰杯」とも呼ばれ、神様がそのことについて認めることができないという意味になります。

擲筊閩南語稱「跋桮」，是道教用來求神問卜的儀式。擲筊的杯是以木頭或竹子等材質製成的半月型器具，凸起的面稱為陰面，而平底的面稱為陽面。使用時兩個為一套，先手握筊杯介紹自己、表達欲請示的事情，並於膜拜後將握持在雙手的筊杯擲於地面。根據兩個筊杯的正反面組合情形，可判斷神明的回覆結果。一陰一陽的組合又稱「聖杯」，代表神明認同此事。通常聖杯須連續擲出三次才算數。而兩陽面又稱「笑杯」，意指神明哈哈大笑，尚未對事情下評斷。最後的兩陰面又稱「陰杯」，表示神明不認同此事。

民俗信仰

春聯

中文發音 チュンリェン

日文發音 春節用の赤い貼り紙

　　春聯は台湾の旧正月期間中に、幸運を招き不吉なことを遠ざけるために家のドアの外に貼ります。以前は「桃符」と呼ばれていました。伝え聞くところによると、昔、ある勇敢な兄弟—神荼と鬱壘がいたとのことです。二人は大きな桃の樹の下を守り、人を害する無数の鬼たちを退治していました。その後、人々は魔除けの作用がある桃の樹の板を、家の入り口の横に置き、神荼、鬱壘の絵や名前を魔除けとして書き、これが「桃符」の由来となりました。しかし、人々は徐々に変化のない桃符をつまらなく感じてゆき、自分で考えた二行の文字を桃符のかわりにドアの外に貼るようになり、そのうち桃符に取って代わり、今の春聯になったとのことです。春聯は上聯、下聯、横批の三つに分かれていて、上聯と下聯は互いに韻を踏む形式になっていなければなりません。

　　春聯是台灣過年時期用來張貼門外藉以趨吉避凶的裝飾物，其前身為「桃符」。相傳在上古時代有對英勇的兄弟—神荼與鬱壘，兩人常在大桃樹下站崗，並擊退了害人無數的野鬼。後來人們就將兩塊有驅邪作用的桃木板立在門旁，並在桃木刻上或寫上「神荼」、「鬱壘」的畫像或名字充當門神以避邪，這就是桃符的由來。後來有人認為桃符過於單調，自行題了兩行字取代桃符貼在門前，逐漸地對聯就取代了桃符，成為了現在的春聯。春聯主要分上聯、下聯及橫批三個部分，上聯與下聯題寫時須按照平仄押韻格式。

紅包

中文發音 　ホンバオ

日文發音 　祝儀袋

紅包は、赤い封筒にお金を入れて他の人にプレゼントするものです。台湾では紅包を贈ることは伝統的習慣のひとつで、旧正月以外にも、結婚や出産、コンテストで受賞した時など、喜ばしいことがあった際には紅包を贈ります。昔の人は赤い色は喜びの色を表していると考えたようで、喜ばしいことがあった際、お金を赤い紙で包んで贈ったのが、紅包の由来となりました。台湾人は紅包を包む際、よく六 (物事が順調に行くようにという意味) や八 (お金持ちになるようにという意味) の金額にしたり、もしくは偶数になるようにします。偶数は二倍の良いことがあるようにという意味です。

　　紅包是將金錢放入紅色紙袋中饋贈他人的禮物。在台灣，送紅包是傳統習俗之一，除了過年外，台灣人經常在各種喜慶場合發送紅包，例如婚禮、生子或是競賽頒獎等。古人認為紅色是代表喜氣的顏色，因此在喜慶場合餽贈的金錢會以紅色的紙包裝，以迎合場面，這就是紅包的由來。台灣人在包紅包時經常會放入有六 (代表順利) 或八 (代表發財) 的金額，或將金額控制在偶數，偶數有成雙成對之意。

傳統用品

香包

中文發音	シャンバオ
日文發音	匂い袋（におふくろ）

香包を身に付けるのは、台湾の端午節の伝統的習慣です。昔の人々はヨモギや雄黄、菖蒲などの殺菌の効果がある薬草を潰し粉にし、布で包んで胸の前に掛け、蚊や細菌を防いでいました。これが香包の由来です。昔の女性は裁縫等が非常に上手で、香包は後に更に精巧になり、伝統工芸品となりました。香包には虫除けの効果以外に、思いを伝える意味もあります。昔の人は、親しい友人が遠出する際に、香包を作り相手に渡すことで、旅の安全を祈願しました。今では伝統的な形以外に、アニメキャラクターを模した可愛らしいものもあり、多くの人に喜ばれています。

配戴香包是台灣端午節的傳統習俗。相傳古時人們將艾草、雄黃及菖蒲等具有殺菌功能的香草研磨成粉後，用布包起來掛在胸前，防止蚊蟲及細菌的侵襲，這是香包的由來。古代女性擅長女紅，縫繡技術高超，香包後來做得越來越精緻，成就傳統手工藝品。除具體的驅蟲功效外，香包也是傳達心意的媒介。古人在親朋好友出遠門前會縫製香包贈予對方，祝福對方旅途平安。現今除傳統的樣式外，造型可愛的卡通款式也受到不少人的喜愛。

扯鈴

中文發音 チャーリン

日文發音 ディアボロ

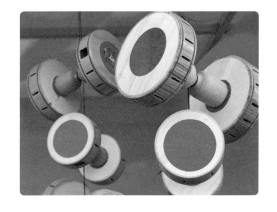

扯鈴は「空鐘」とも呼ばれていて、台湾の伝統民俗工芸のひとつです。扯鈴の構造は、内側がへこんでいる木の棒の上下両側に、中が空洞の大きさが同じ円盤が付けられていて、紐が付けられている二本の木の棒を操って回転させます。扯鈴が回転している時、空気が円盤を通り音が鳴ります。昔の人は、この音がまるで鐘の音と同じだと考え、「空鐘」と呼びました。竹で作られた扯鈴は手間がかかるため、プラスチックやアクリル製のものが大量生産されています。扯鈴は伝統工芸としての側面以外に、一種のスポーツとしても多くの小学校で扯鈴チームがあるほどです。伝統工芸の伝承のほか、子供達の体力作りにも適しており、皆が楽しむことができ、多くの利点をもっています。

扯鈴又稱「空鐘」，是台灣的傳統民俗技藝之一。扯鈴的構造是將側面雙凹的木條上下兩側，加上大小相同的中空圓盤，扯動時用棉線串連的兩根木棒操作。扯鈴在扯動時會因為氣流通過圓盤而發出聲響，古人認為聲音像鐘一樣，因而稱之為「空鐘」。由於竹製扯鈴較為費工，為求大量生產已多為塑膠及壓克力製。扯鈴除了是傳統技藝外更是項運動，許多國小都有扯鈴隊，除了傳承傳統技藝外，更可讓孩童強身健體，娛樂大眾，可説有眾多好處。

傳統用品

捏麵人

中文發音 ニェミェンレン

日文發音 粉粘土人形（こなねんどにんぎょう）

　　捏麵人は台湾伝統民俗工芸のひとつです。小麦粉を粘土状にし、各種染料で色付けしたものが捏麵人の材料です。昔の人が神を祀る際に、小麦粉粘土で花や虫を作り、奉納が終わった際に、お湯で煮て食べていたことが捏麵人の由来です。その後、捏麵人の製作はだんだんと精巧になってゆき、奉納が終わった後にすぐ食べてしまってはもったいないと思うようになり、捏麵人を保存し、観賞用の芸術作品となりました。台湾ではお寺でのイベントで捏麵人の屋台を見かけることができ、既製品を買うだけでなく、実際に自分で作ることもできます。

　　捏麵人是台灣的傳統民俗技藝之一。將麵粉製成麵糰並以各種色素染色後即是捏麵人的材料。古人在祭祀神明時會以麵糰捏製假花、假蟲作為供品，結束供奉儀式後下水煮熟食用，據説這就是捏麵人的由來。後來由於捏麵人造型愈來愈精緻，人們覺得供奉後直接吃掉或丟掉相當可惜，便將捏麵人保存下來，因而成為了觀賞用的藝術品。台灣目前在廟口活動仍可看見捏麵人的攤販，不僅可購買現成品，也可現場動手試做。

中藥

中文發音 ジョンヤウ

日文發音 漢方（かんぽう）

漢方（かんぽう）は中国（ちゅうごく）が起源（きげん）で、植物（しょくぶつ）や動物（どうぶつ）、無機物（むきぶつ）を材料（ざいりょう）に作（つく）られています。漢方（かんぽう）の大半（たいはん）は植物（しょくぶつ）を材料（ざいりょう）としていますので、漢方（かんぽう）は中国医学（ちゅうごくいがく）で本草（ほんぞう）とも呼（よ）ばれています。漢方（かんぽう）は病気（びょうき）の治療（ちりょう）だけでなく、体（からだ）の調子（ちょうし）を整（ととの）えるのにも役立（やくだ）ちますので、発達（はったつ）した西洋医学（せいよういがく）の病院（びょういん）が多（おお）い現在（げんざい）でも、健康（けんこう）のために漢方（かんぽう）を飲（の）む人（ひと）がたくさんいます。また、華人（かじん）の食文化（しょくぶんか）も漢方（かんぽう）と深（ふか）く関（かか）わっています。漢方（かんぽう）には食（た）べ物（もの）も薬（くすり）も本来（ほんらい）は同（おな）じ物（もの）という意味（いみ）の薬食同源（しょくどうげん）という考（かんが）え方（かた）があり、薬膳料理（やくぜんりょうり）には体（からだ）を温（あたた）める効果（こうか）のある生薬（しょうやく）が加（くわ）えられています。例（たと）えば、高麗人参入（こうらいにんじんい）りの鶏肉（とりにく）スープや、トウキ入（い）りのアヒル肉（にく）スープが代表的（だいひょうてき）な生薬入（しょうやくい）りの料理（りょうり）です。

中藥文化起源於中國，分為植物、動物、礦物三種類，也因大部分中藥都是取自於植物類，因此中藥藥學也稱之為本草。中藥不只可以用來防治人類的疾病，也可以達到身體調理的目的，雖説西方醫學發達、診所林立，但還是不少人透過中藥藥方來滋補養身。華人的飲食文化其實也與中藥息息相關，食藥同源表示不只是單方面的藥補，也可以利用食療。像是藥膳配方中都會加入中藥材來達到溫補的功效，或是人蔘雞、當歸鴨，都是使用中藥入菜的代表性美食。

客家文化

中文發音 ケージャーウェンホァ

日文發音 客家文化(はっかぶんか)

台湾(たいわん)では中国(ちゅうごく)の広東省(かんとんしょう)と広西省(こうせいしょう)のあたりから次々(つぎつぎ)と開拓(かいたく)にやってきた人(ひと)たちにより、台湾独自(たいわんどくじ)の客家文化(はっかぶんか)が誕生(たんじょう)しました。客家(はっか)とは客人(きゃくじん)という意味(いみ)ですが、各地(かくち)を流浪(るろう)してきた客家民族(はっかみんぞく)の歴史(れきし)を示(しめ)すように、よそ者(もの)という意味(いみ)もあります。台湾(たいわん)では鄭成功(ていせいこう)の部隊(ぶたい)と共(とも)にやってきた人(ひと)たちが最初(さいしょ)の客家人(はっかじん)で、現在(げんざい)は桃園(タオユエン)、新竹(シンジュー)、苗栗(ミャオリー)などの県市(けんし)で暮(く)らしています。それらの地域(ちいき)には客家(はっか)の村(むら)や昔(むかし)ながらの街並(まちな)みがたくさんあり、花柄(はながら)模様(もよう)の布(ぬの)や米料理(こめりょうり)、民謡(みんよう)など独自(どくじ)の客家文化(はっかぶんか)が息(いき)づいています。二〇〇三年(にせんさんねん)には客家文化(はっかぶんか)を継承(けいしょう)するために客家テレビ局(きょく)も開設(かいせつ)され、各地(かくち)の客家(はっか)文化(ぶんか)を詳(くわ)しく伝(つた)えています。

台灣的客家文化起源於中國廣東與廣西兩省,隨著一波又一波的移民來到台灣開墾,發展出獨有的台灣客家文化。客家兩字代表做客的人,就如客家人歷史一般,客家族群不斷遷徙,不是本土而是來「做客的人」。台灣最早的客家人是隨鄭成功部隊而來,今日主要分布在桃園、新竹、苗栗等縣市,涵蓋不少客家庄、客家老街。像是客家花布、客家米食,客家歌謠小調,都是獨特的客家文化。為了文化傳承,還在 2003 年成立了客家電視台,對於各縣市客家文化都有更深入的報導。

客家文化

原住民文化

中文發音 ユェンジュミンウェンホァ

日文發音 原住民文化

　台湾に昔から住んでいる原住民は南島語族に属します。細かく分類すると十六種類の民族があり、衣装や慣習、お祭りなどそれぞれ独自の文化を持っています。中でもアミ族、タイヤル族、パイワン族が三大民族とされ、そのうち最も人口が多いアミ族は主に台湾の東部に居住しており、毎年開かれる盛大な豊年祭が最も代表的な行事です。タイヤル族は主に中部や北部の県市に住んでいて、祖霊祭が最も重要な祭りですが、顔に入れ墨を施す紋面という独特の文化もあります。パイワン族は台湾の南部や東部に住んでいて、アワの収穫後に開かれる収穫祭が有名です。

　　台灣原住民屬於南島語族，是指原本就住在台灣的族群。全體細分為十六族，每一族都有其特色文化，衣著、風俗習慣、祭典活動皆不盡相同，其中三大族群分別為阿美族、泰雅族與排灣族。其中規模最大、人口最多的就是阿美族，主要分布於台灣東部地區，以每年盛大的豐年祭最具代表性；泰雅族則是以中北部縣市為主，最重要的祭典活動是祖靈祭，還有特有的紋面文化；排灣族則是分布於台灣南部、東部，還會在小米收成後舉行小米收穫祭。

本土風情

手搖杯文化

中文發音 ショウヤウベイウェンホァ
日文發音 ドリンクスタンド文化

　台湾のドリンクスタンド文化は一九八〇年代に始まりました。それからまだ四十年余りしか経っていませんが、ドリンクスタンドはすでに台湾人の暮らしに欠かせないものとなっていて、繁華街などでは一本の道路沿いにドリンクスタンドが十店以上あっても不思議ではありません。売られているのは茶飲料が中心で、どの店にもオリジナルの商品があり、それぞれに愛好家がいます。中でも代表的なドリンクはタピオカミルクティーで、ほぼ全ての店で売られています。ドリンクは好みでトッピングを追加したり、氷の量や甘さを選んだりして、自分好みの味わいにすることが可能です。なお、台湾のドリンクスタンド市場は競争が激しく、頻繁に新しいブランドが登場します。

　台灣手搖杯文化源自於一九八零年代，至今短短二十多年歷史，就已經成為台灣人生活中不可或缺的一環。在熱鬧的街區走走，有時一條街上有十幾家手搖飲店都不誇張。手搖飲目前主要還是以茶飲為主，每一家有自己獨家的茶飲配方，各有各的擁護者。台灣的手搖飲代表珍珠奶茶，基本上幾乎每一家的菜單上都會出現，飲料還可以再加選配料或是調整冰塊甜度，調製成自己喜歡的味道。台灣手搖飲店競爭激烈，不時就會有新品牌出現，人手一杯手搖飲就是台灣人的日常！

中秋烤肉文化

中文發音 ジョンチュー

カウロウウェンホァ

日文發音 中秋節に

バーベキュー文化

　中秋節の時期になると、なぜ台湾では中秋節にバーベキューをするのかと不思議に思う人が必ず出てきます。台湾では中秋節は満月を眺めながら家族団欒で過ごすだけでなく、家族や親友とバーベキューを楽しむ日でもあります。このバーベキュー文化の由来については諸説ありますが、一九八〇年代初頭に放送された焼肉ソースのコマーシャルがきっかけと言われています。また、あるニュースの報道によると、当時は焼肉ソースの新商品が次々に発売されるほどキャンプでのバーベキューが盛んで、コマーシャルの曲を聞いているうちに少しずつ洗脳されて、中秋節に月餅やブンタンを食べるだけでなく、バーベキューもするようになったようです。いずれにせよ、中秋節はみんなで集まって楽しい時間を過ごすのが重要ということです。

　　毎年到了中秋節，都會有人探究為什麼台灣的中秋節大家都在烤肉？中秋節除了是月圓人團圓的節日外，大家也會邀親朋好友一起烤肉過節。台灣的中秋烤肉文化起源眾説紛紜，有人説是因為一九八零年初烤肉醬廣告的關係，也有新聞報導指稱是由於露營烤肉活動興盛，而帶起烤肉醬商品的推出風氣。加上洗腦廣告歌曲助力，讓台灣人漸漸養成中秋節除了吃月餅、柚子外還要烤肉邊賞月的習慣。不論是哪一種起源，大家可以聚在一起歡度佳節都是中秋節團圓的重要意義。

現代百景

捷運文化

中文發音 ジェーユンウェンホァ

日文發音 MRT 文化(ぶんか)

　　台湾初の MRT 路線は 一 九 九 六 年に台北市で開通した木柵線です。MRT はその後、新北市、台中市、高雄市でも開通していますが、最もネットワークが充実しているのは台北 MRT で、台北市と新北市を合わせて計六本の主要路線が運行しています。台湾の MRT は単に便利な交通手段というだけでなく、エスカレーターを上り下りする際に自然と右側に立ったり、駅構内の黄色い線の内側では飲食が禁止されていたり、車内が満員でも優先席が空いていることがあったりと、乗客一人ひとりがマナーやルールを守る精神を養う場にもなっています。こうした MRT でのマナーやルールは他の日常生活の場にもだんだん広がってきており、台湾の独特な MRT 文化がもたらした波及効果といえるでしょう。

　　台灣的第一條捷運線，就是一九九六年的台北木柵線。如今捷運網路已發展至新北、台中、高雄等縣市，但最密集的捷運路線就屬台北捷運，涵蓋範圍包含台北、新北，共有六條主要捷運路線。台灣的捷運文化不僅代表交通方便，還包含了許多自我養成的習慣。像是上下電扶梯時，大家會默默地自動靠右站；進了捷運站裡的黃線區域就禁止飲食；就算是全車客滿，博愛座也不一定會有人坐等等。許多原本只存在捷運站裡的規範，逐漸延伸到其他生活日常，這就是特殊的台灣捷運文化。

機車文化

中文發音 ジーチェーウェンホァ

日文發音 バイク文化

台湾のバイク密度は世界一と言われていて、大通りも路地も、どこもバイクでいっぱいです。実際、バイクは台湾人が最もよく利用する移動手段で、男性も女性もほとんどの人が十八歳になるとバイクの免許を取りに行きます。日本統治時代はバイクは贅沢品でしたが、工業の発展に伴い、国産のバイクが作られるようになってからは値段が下がり、自動車と比べて手が出しやすい移動手段となりました。また、バイクは小回りがきく、駐車場を見つけやすいというメリットがありますし、待ち時間が長い公共の交通機関を利用するより早く目的地に行けるという良さもあります。

　　台灣的機車密度是全世界第一，大街小巷處處可見的機車就是台灣人最常使用的代步交通工具。不論男女老少，只要年滿十八歲，大部分的人都會去考機車駕照。在台灣日據時代，機車還算是奢侈品，但是隨著台灣工業的進步，有台灣本土機車廠商開始生產國產機車，機車的購買成本就開始下降，是比起汽車更容易獲得的交通工具。也因為方便、機動性高、容易找到車位，與其花時間等待大眾交通工具，直接騎車前往目的地反而更快速。

KTV 文化

中文發音	ケーティーヴィーウェンホァ
日文發音	カラオケ文化

　　日本生まれのカラオケは、台湾人も大好きな娯楽の一つです。台湾には大手のカラオケチェーン店がたくさんあり、週末や休日には入り口のところで大勢のお客さんが並んで待っていることが多いですので、事前に予約しないと部屋を取れないでしょう。歌は各年代の名曲やヒット曲を取り揃え、中国語だけでなく英語や日本語、韓国語の曲もあります。また、カラオケ店は単に歌を楽しむ場所ではなく、若者が友達と集まってお喋りしたりするのにぴったりの場所でもあります。さらに、特定のカラオケ店でないと食べられないおいしい料理もありますよ。今では電話ボックスのようなコイン式のミニカラオケを設置しているデパートもあり、友達と部屋を予約しなくても、一人で自由に歌えるようになっています。

　　雖然 KTV 源自於日本，但也是台灣人最愛的休閒育樂之一。台灣有不少大型連鎖 KTV，每到週末假日常看到門口有人聚集，還要事先預定包廂才有位子，歌曲種類更是五花八門，中、英、日、韓，各個年代的熱門金曲通通有！KTV 不只是放鬆唱唱歌，更是年輕人交朋友、聊天相聚的好地方，有些美食還是只有在特定 KTV 裡才吃得到的唷！時至今日，還發展成百貨商場內就有長得像電話亭的投幣式 KTV，想要唱歌不必一定要呼朋引伴訂包廂，一個人也可以唱歌。

彩券文化

中文發音 ツァイチュエンウェンホァ

日文發音 宝<ruby>宝<rt>たから</rt></ruby>くじ<ruby>文化<rt>ぶん か</rt></ruby>

台湾の宝くじは政府が発行する公益を目的としたもので、一九九九年に最初の宝くじが発売されました。売上から賞金を差し引いた利益が公共の福祉や公益のために生かされています。当選番号の抽選は日曜日を除いて毎日行われていて、旧正月や中秋節の時期には百万元の当選確率が上がるキャンペーンが実施されますので、普段以上の盛り上がりを見せます。また、台湾では会社や仲間うちのイベントで宝くじを景品としたり、子供へのお年玉として宝くじをプレゼントしたりすることもあります。なお、台湾の宝くじの過去最高の当選金額は威力彩というロトくじの三十億三千万元です。宝くじのお店は至るところにありますので、億万長者になりたいという方は、ぜひ運試しに買ってみてください。

台灣彩券是由政府發行的公益彩券，從一九九九年發行第一張彩券，扣掉固定中獎獎金後的盈餘會用作社會福利與公益用途。每週除了週日外，天天都有彩券號碼開獎，在農曆年、中秋節期間還會有天天加碼一百萬的活動，讓彩券買氣更加熱絡。有時候公司行號或是朋友間甚至還會以彩券代替獎品或是小朋友的紅包，目前最高中獎金額是一人獨得威力彩的三十點三億台幣。想要變成千萬、億萬大富翁，就順手在隨處可見的彩券行買張彩券試試運氣吧！

現代百景

國家圖書館出版品預行編目 (CIP) 資料

歡迎光臨, 台灣！日語導覽完璧攻略 /EZ Japan 編
輯部, 水晶安蹄著；EZ Japan 編輯部, 田中裕也翻
譯. -- 初版 . -- 臺北市：日月文化出版股份有限公司，
2022.10

面； 公分 . -- (EZ Japan 樂學；30)
ISBN 978-626-7164-63-1(平裝)
1.CST: 日語 2.CST: 旅遊 3.CST: 讀本
803.18　　　　　　　111014310

EZ Japan 樂學／30

歡迎光臨，台灣！日語導覽完璧攻略 [暢銷新版]（附QR Code 線上音檔）

作　　　者	EZ Japan 編輯部、水晶安蹄	
翻　　　譯	EZ Japan 編輯部、田中裕也	
原 文 撰 稿	阿部道宣、林孟萱、朱書琳、楊于萱、EZ 叢書館編輯部	
主　　　編	尹筱嵐	
編　　　輯	吳姍穎	
校　　　對	吳姍穎	
配　　　音	今泉江利子、吉岡生信	
封 面 設 計	Dinner Illustration	
版 型 設 計	曾晏詩	
內 頁 排 版	曾晏詩	
行 銷 企 劃	陳品萱	
發 　行　 人	洪祺祥	
副 總 經 理	洪偉傑	
副 總 編 輯	曹仲堯	
法 律 顧 問	建大法律事務所	
財 務 顧 問	高威會計師事務所	
出　　　版	日月文化出版股份有限公司	
製　　　作	EZ 叢書館	
地　　　址	台北市信義路三段 151 號 8 樓	
電　　　話	(02)2708-5509	
傳　　　真	(02)2708-6157	
客 服 信 箱	service@heliopolis.com.tw	
網　　　址	www.heliopolis.com.tw	
郵 撥 帳 號	19716071 日月文化出版股份有限公司	
總 　經　 銷	聯合發行股份有限公司	
電　　　話	(02)2917-8022	
傳　　　真	(02)2915-7212	
印　　　刷	中原造像股份有限公司	
初　　　版	2022 年 10 月	
定　　　價	360 元	
I　S　B　N	978-626-7164-63-1	